ツンデレ婚約者の性癖が目覚めたら
溺愛が止まりません⁉

目次

ツンデレ婚約者の性癖が目覚めたら
溺愛が止まりません⁉

プロローグ

宮殿の大広間は、名工の手による美術品の数々で飾られ、夢のように豪華で煌びやかだった。

また、今が盛りの薔薇があちこちに飾られ、華やかさに更なる彩りを添えている。

今日はこの国――アライン王国の王妃の生誕を祝うパーティーが開催されるため名門貴族の当主や後継者が招待を受けていた。

大広間には錚々《そうそう》たる顔ぶれが集まり、貴婦人のドレスの華やかさは美術品や薔薇にも負けていない。

その中で、婚約者のパートナーを務めるために出席していたマリー・コートニーは一人、惨めな気持ちを味わっていた。

『マリー、そのドレスは何だ』

『……何かおかしいでしょうか？』

『胸が開き過ぎていて品がない』

『そうでしょうか……？　今の流行はこんなものだと思うのですが……』

その証拠に大広間にいる女性達は、マリーが今着ているものと大差ない型のドレスを身に着けている。胸元が大きく開いたドレスは、今年大流行しているスタイルだ。

『見た目が地味なお前にはそのドレスは似合っていない。もう少し露出の低いものを身につけた方がいい』

これらの会話は、宮殿に向かう馬車の中で、婚約者のユベール・ラトウィッジとの間に交わされたものである。

マリーはこっそりと隣に立つユベールを観察した。

容姿に恵まれた彼は、いつ見ても腹立たしいくらいに見目麗しい。

混じり気のない金髪に、最高級のサファイアをはめ込んだかのような深い青の瞳、しみひとつない白い肌。

それらが理想的に配置されているだけでなく、長身で細身なのに筋肉質な体をしており、夜会用の煌びやかなフロックコートを身に着けた姿は、まるでおとぎ話の世界から抜け出してきた王子様そのものだった。

加えて彼は家柄も良い。

建国以来の名門であるラトウィッジ侯爵家の嫡男で、国内最高峰の名門ロイヤル・カレッジを飛び級で卒業した秀才である。

また、高位の領主貴族の出身者だけあって、高い魔力も兼ね備えていた。

『魔の森』と呼ばれる、魔物の生息地を領内に抱えるラトウィッジ侯爵家は、騎士の家柄である。

侯爵領では、定期的に討伐という名の魔物の間引きが行われているのだが、春に行われたそれで、ユベールは華々しい戦果を上げていた。

そんな彼と比較すると、確かにマリーは容姿も魔力も、ついでに家格だって見劣りする。更に年齢も二つ上だ。

だが、容姿については、とやかく言われなければいけないほど酷くないはずだ。

茶色の髪は、華やかさや希少さで金髪に負けるかもしれない。

しかし、毎日しっかりと侍女が手入れしているからつやつやだし、絹糸のような手触りなのは密かな自慢だ。

ヘイゼルグリーンの大きめの瞳だって、そう悪くないと思う。

父から受け継いだ色だし、愛猫のミュウとの共通点もあるので、マリー自身はとても気に入っていた。

だが、かつて彼はマリーの目を「大き過ぎて気持ち悪い」とけなしてきた。

ユベールと並んだらぱっとしないのは認める。でも、充分『可愛い』の範疇には入っているはずだ。そう見えるように、美容にも流行にも気を遣って自分を磨いてきたのだから。

また、マリー自身も、亡くなった母に似た自分の顔を気に入っていた。

瞳の色は父親から、髪の色と顔立ちは母親から――両親から受け継いだ外見についてとやかく言われると、アイデンティティを否定された気になる。

(ドレスもそうよ。文句を言われるほど下品ではないわ)

マリーのドレスは、王都でも有名なドレスメーカーにオーダーして仕立てたものだ。

自分の容姿が映えるように色を選び、流行のスタイルを押さえた上で、体型に合わせてデザインしてもらっている。生地はもちろん、ドレスを飾るレースやビジューなどの装飾も一級品だ。

更に腕の良い侍女による化粧とヘアメイクが施されているので、淑女として充分及第点の装いになっているはずである。ユベールにとやかく言われる筋合はない。

ちなみに、彼から自分好みのドレスが贈られてくることはない。マリーが断っているからだ。

誕生日など、折に触れての彼からの贈り物は花にしてもらっている。マリーからも同様だ。

かつて、義務的に贈ってもらった日常使い用の髪飾りが一点だけあるが、それをマリーは持て余していた。両家の間の取り決めで、月に一度、婚約者同士の交流の時間を持つことになっているが、その時に身に着けるくらいで、普段は衣裳部屋の奥にしまいこんでいる。形に残るものを貰っても困るのだ。


——そんなユベール・ラトウィッジとの婚約が整ったのは二年前のことだ。

その日から今日までずっと、マリーは彼の態度や発言に悩まされ続けてきた。

(婚約なんて、いつだって解消してあげるのに)

だけど、家格の差があるためこちらからは言い出せない。

マリーは目を閉じると、この縁談が持ち込まれた時のことを思い浮かべた。

◆　◆　◆

その日、マリーは、首都にあるコートニー子爵家の屋敷の居間で、弟のグエンことグエナエルとチェスをしていた。

その日は珍しくグエンが誤って悪手を指し、マリーは優勢だった。

父のルカリオが難しい顔で居間にやって来たのは、マリーが二度目のチェックメイトをかけた時だった。

「マリー、ラトウィッジ侯爵家からマリーに婚約の申し込みが来たんだけど、どうする？」

憂鬱そうな顔と声でルカリオが問いかけてきた。

「何ですか、それ？　詐欺じゃないんですか？」

開口一番の若干失礼なグエンの発言に、ルカリオは無言で、手にした書面を広げてこちらに見せてきた。

「残念ながら本物なんだよね。ほら、ここにラトウィッジ侯爵家の紋章がある」

書面に刻まれた金色の輝きを放つ紋章は、確かにラトウィッジ侯爵家の魔法紋だった。

魔法紋は魔力によって刻まれる紋章なので、偽造が非常に難しい。

紋自体の複雑さもさることながら、魔法紋には刻んだ当人の持つ魔力属性が、そのまま色となって現れるためだ。

金は雷属性の色である。

ラトウィッジ侯爵家は、代々この属性が強く出る家系として知られており、当主のシャール・ラトウィッジは、国内でも有数の雷撃系攻撃魔法の使い手として有名だった。ユベールも雷属性である。

ちなみに、魔法紋を水属性のマリーやルカリオが刻んだら銀を帯びた青に、風属性のグエンが刻めば緑に輝く。

「……何で姉上に、ラトウィッジ侯爵家みたいな名門から申し込みが？」

グエンの疑問はもっともだった。

こちらは新興の成金子爵家、向こうは歴史ある名門侯爵家、その間には家格の差という深い溝がある。

「お母様からのご縁かな……」

マリーとグエンの母――ベアトリスは、五年前に流行病にかかり、既に儚くなっている。

そのため本人には確認できないのだが、ルカリオによると、ベアトリスとラトウィッジ侯爵夫人のエレノアは学生時代、大親友とも言える間柄だったそうだ。

「申し込み自体は、実はマリーが小さい頃からあったんだ。でも向こうの嫡男……ユベール君はマリーより二歳年下でね。さすがに、こんなに小さい頃から将来を決めてしまうのはいかがなものかと思って、断ったんだよ。せめてマリーが学校を卒業する年齢になるまでは待ってほしいと伝えてね」

ルカリオの説明に、マリーは目を見開いた。

当時、マリーは十八歳になったばかりだった。女学校の卒業を間近に控え、そろそろ結婚相手の話が出てくるのだろうかと漠然と考えていた。

「先方は、律儀にそれを守って申し込んでくださったということですか？」

「……そうだね」

「それでは断るのは難しいのでは？」

「ああ……」

ルカリオはずっと渋い表情のままだ。

「お父様が前向きではない理由は何ですか？　ユベール様……に何か問題があるんですか？」

「いやいや、ユベール様に限ってそんな！」

グエンが口を挟んだ。

「あなた、ユベール様と知り合いなの？」

マリーの質問に、グエンはムッとした顔をした。

「同じロイヤル・カレッジの学生なので……」

この弟は、生意気にも高位貴族の子息が集う名門校の学生だった。勉強だけはよくできるので、難関の入学試験を上手く突破し潜り込んだのである。

「文武両道で成績優秀、寄宿舎では監督生を務めていて、今年確か飛び級したんだよ。見た目も姉上より綺麗だと思う。並んだら間違いなく見劣りする！」

「は？」

マリーは弟の失礼な物言いにカチンときて、じろりと睨みつけた。

「実際にユベール君に会ったことはないけど、母君のエレノア様によく似ていると聞いたことがあるから、恐らく見た目は良いと思うよ。エレノア様は滅茶苦茶美人だからね」

ルカリオがぽつりとつぶやいた。

寄宿舎の監督生は、学校の代表として生徒の生活指導を担当する。当然、品行方正な優等生からしか選ばれない。更に飛び級をしているというは、相当優秀である。

「……良さそうなお話なのに、そんなに憂鬱そうになさっているのは何故ですか？」

マリーはルカリオに尋ねた。

「家格の差があるからね。それにラトウィッジ侯爵家は魔の森を抱えているから……。最低でもマリーが十八になって、その時にご子息が乗り気ならと条件を付けたんだ。それで諦めてくれないかなぁと思ったんだけど、そう上手くはいかなかったね……。話を進めるにしても断るにしても、一度は先方に会う必要があるかな……」

「断れるんですか？　そのお話……」

「ちょっと、いや、それには結構な覚悟がいるかも……」

そう告げると、ルカリオは肩を落とした。

◆　◆　◆

初めての顔合わせは、ラトウィッジ侯爵家の領地屋敷で行われた。

各地に配置された転移陣を使えば移動は一瞬なので、一昔前とは違い、便利になったものである。その代わりにぼったくりかと思うくらいの使用料が必要なのだが。

建国以来の名門なだけあって、ラトウィッジ侯爵家の邸宅は重厚で立派だった。

内部には歴史的価値のありそうな絵画やら壺やらがあちこちに飾られている。

そして、それらが上品に纏《まと》められているのがまた素晴らしかった。

(これが名門侯爵家のセンスなのね……)

マリーは内心感心しながら、内装を観察した。

玄関ホールで出迎えてくれた執事に案内されたのは、温室だった。

熱帯の珍しい植物が、屋敷の中と同じく上品に飾ってある。

マリーとルカリオが中に入ると、当主のシャール、夫人のエレノア、そしてユベールが待っていた。

「まあ、なんて可愛らしいの！　話には聞いていたけれど、本当にビビそっくりね！　昔、ビビと約束したのよ。お互いに年回りの近い子供が産まれたら、結婚させましょうって」

ふわふわとした笑みを浮かべ、エレノアはマリーにそう告げた。

ビビというのは、マリーの母・ベアトリスの愛称である。どうやら二人は本当に仲が良かったらしい。

侯爵家の面々は、全員が容姿端麗だった。

シャールは白金の髪に灰色の瞳を持つ渋い印象の素敵なおじ様で、ルカリオと年齢は同じくらいなのに格好良さが全然違った。腹部が引き締まっていて姿勢が良いのは、魔物の討伐に出るために普段から鍛えているからだろうか。

エレノアは四十代後半のはずだが、若々しく、妖精のように可愛らしい女性だった。シャールよりも黄味の強い金髪に鮮やかな青い瞳の美女で、服装も若いせいか、二十代にしか見えなかった。

ルカリオから美人だと聞いてはいたが、想像以上である。

ユベールもまた、事前情報通り、エレノアにそっくりの美形だった。

この時、二つ年下の彼はまだ十六歳だったが、背が高いのですでに一人前の青年に見えた。エレノアが妖精なら、彼は王子様だ。

だがその顔には何の感情も浮かんでおらず、顔立ちが整っているだけに近寄りがたい雰囲気だった。

肝心のユベールの表情は気になったものの、マリーは一幅の絵画から抜け出してきたかのような一家を前にして、ぼうっと見惚れた。これで身分も地位も財産だってあるのだから、神様は不公平である。

「見ての通り妻が強く希望したので、そちらにお話を持って行ったんだ。ルカリオ殿の経営手腕も有名だしね。マリー嬢さえ良ければ、是非この話を受けていただきたい」

シャールがルカリオに声をかけた。

「うちとしては過分なお申し出で……過分過ぎて恐縮しております」

ルカリオは困り果てた顔でそう返事をした。

「過分だなんてそんな！　コートニー子爵家は国内有数の大富豪だし、マリーちゃんはドリンコート伯爵家の血も受け継いでいらっしゃるではありませんか」

そう声をあげたのはエレノアだ。

ドリンコート伯爵家は、ベアトリスの実家である。

ベアトリスはルカリオと恋に落ち、駆け落ちに近い形で結ばれたと聞いている。

「マリーちゃんには是非！　うちに来てほしいの。私、義理の母としてたくさん可愛がるわ！　何なら今からお母様と呼んでくれてもいいのよ！」

エレノアは目をキラキラさせてマリーに話しかけてきた。

「妻はベアトリス殿と仲が良かったからね……。私は妻の願いを叶えてあげたいんだ」

シャールがエレノアに向かって微笑みかけながらそう告げた。

当の本人のユベール以上に、侯爵夫妻の、特にエレノアの熱意がすごい。

（これ、断るのは無理なのでは……？）

何しろコートニー子爵家は新興貴族だ。曽祖父の代に海運事業で巨万の富を築き上げ、その功績を認められて叙爵された歴史の浅い家柄で、お金はたっぷりあるけれど、社交界では見下される成金である。

「とりあえず、若い二人で少しお話ししてきたらいかがかしら」

エレノアの勧めにより、マリーはユベールと二人きりで庭を散策することになってしまった。

ラトウィッジ侯爵家の庭園は、屋敷の中と同じように品良く整えられていて美しかった。

今流行りの風景式の庭園というやつで、ガゼボや水車小屋を模した装飾建築を上手に活用し、田舎の農村風の景色を作り出している。

建物から外に出るまでは紳士的にエスコートしていたユベールは、庭に出るなり態度をガラリと変えた。

「おい、お前、マリーとか言ったな」

「はい」

(いきなり呼び捨て……。しかも、お前……?)

少しカチンと来たが、マリーは顔に出さないように努力した。

相手は名門の跡取りだし、二つも年下だ。ここは年上の余裕をもって流すべきだろう。

「お前はこの婚約についてどう思ってるんだ?」

「えっと、正直戸惑っています」

（おかしいわ。ユベール様が乗り気なら、という条件でお話を進めたのではなかったの……？）

ルカリオから聞いていたのと、何か話が違う。マリーは内心で眉をひそめた。

「嫌そうだな。お前にとってはかなり良い縁のはずなのに」

ユベールは舌打ちをした。

態度の悪さにマリーは呆気に取られる。

「嫌だなんてそんな……。ただ驚いているだけです。私とユベール様では、どう見ても釣り合いが取れないので……」

「そうだな。はっきり言うが俺は承諾していない。両親が勝手に話を進めたんだ」

（なるほど。だからずっと温室では死んだ目をなさっていたのね……）

マリーは納得した。

「何で俺がお前みたいな年上の地味女と……。しかも新興貴族の出身で、魔力だって物足りない」

（怒っては駄目。事実だもの）

マリーは自分に言い聞かせた。

コートニー子爵家は曽祖父の代までは平民だった。

祖父が没落貴族の娘を金で買い、ルカリオが伯爵令嬢だった母と恋に落ちて結婚したので、マリーとグエンの姉弟《きょうだい》は、貴族としての体裁が取れる程度の魔力を備えてはいる。だが、ユベールから見ると物足りないはずだ。

この国において、魔法は富裕層と貴族のものである。

魔力は誰もがある程度備えているものだが、それを体外に放出するためには、肉体に『魔力回路』と呼ばれる経路を刻む必要があり、それに中流階級の年収三年分くらいの費用がかかるのだ。加えて魔法を学ぶための学費も必要である。

権力者は、古くから魔力の高い者を、婚姻という形で血筋に取り込み続けてきた。

そのため、王族や高位の貴族は総じて魔力が高い。ゆえにどんなに良い家柄に生まれたとしても、相応の魔力を備えていなければ肩身の狭い思いをする。家格と魔力差のある縁組も同様だ。

「私がお気に召さないようですし、どうかこのお話はなかったことにするよう、ご両親に働きかけてください。当家からは、格上の侯爵家からのお申し出を断るのは難しいですから」

マリーがそう告げると、ユベールの顔がこれまでになく凶悪な表情に変化した。

「無理だ。母が乗り気過ぎて止められない。ベアトリス殿は母の相当なお気に入りだったようだ。その娘のお前を絶対嫁にすると息巻いている。不本意でも我慢してもらうしかない」

「……そうですか」

(そこは気合いを入れて反抗しなさいよ……)

マリーは心の中でユベールに文句を言うと、ため息をついた。

「どうだった？　楽しかった？」

散歩から戻ったら、エレノアに質問された。

「いえ、えっと……」

沈黙するユベールをちらちらと見ながら、マリーは言葉を探す。するとエレノアは苦笑いした。

「今日は初対面だものね。何回か会ううちに、きっと仲良くなれるわ。だってユベールは私に、マリーちゃんはビビとそっくりだもの。そうだわ、マリーちゃん、これからは月に一度うちにいらっしゃい。転送費用はもちろん、うちで持つから」

にこにこと微笑みながら、エレノアは次以降の予定を決めてしまった。

親同士の仲が良かったからといって、子供同士もそうなるとは限らない。

だが、そこには反論できない圧があった。

◆　◆　◆

正式に婚約が成立したのはそれから三か月後だ。エレノアの強過ぎる希望に押し流され、関係者一同誰も異論を挟めず、気が付いたら手続きが終わっていた。

それから今日までの二年間は、マリーにとって忍耐の日々だった。

二人きりの時のユベールの態度はとにかく冷たかった。これが愛猫のミュウならツンツンな態度も可愛いが、二歳年下の男のそんな態度は、いくら見目麗しくても憎たらしいだけである。

そのくせ、エレノアのことは怖いらしく、人前では取り繕うから狡猾である。

おまけに婚約者になってからは、侯爵領で年に二回実施されている魔物討伐に、女手として駆り出されることになったのだから、たまったものではない。

気に入らない婚約者の家の仕事をするくらいなら、父の商会を手伝う方がずっと有意義である。

また、ユベールが社交の催しに出席する時は、今日のように同行し、パートナーを務める必要もあった。

王妃の生誕パーティーのような、格式の高い場は苦手である。


「ユベール様とマリー様だわ」

「確かお母様同士が親友で、そのご縁で婚約なさったのよね」

「そうよ。だからあの家柄でも侯爵家とご縁ができたのよ。羨ましいわ」

「まあ……。ラトウィッジ侯爵家ではきっとご苦労なさるわね」

「そうよね。マリー様はあまり魔力が高い方ではないから……」

「でも、エレノア様には可愛がられているのよね」

「それはほら、エレノア様と大親友だったベアトリス様にそっくりだから……」

「顔が原因なの？　あのお顔立ちで……？」

予想通り、若い女性達の内緒話が聞こえてきた。

名門貴族が集う催しでは、家格が劣るマリーへの聞こえよがしの陰口が頻繁に聞こえてくる。

彼女達は、マリーがユベールと婚約したのが気に入らないのだろう。外面と容姿と家柄の良い彼は、若い女性からの人気が高い。

（こんな婚約、良いことなんて一つもないのよ。いつだって譲ってあげるわ）

ちらちらとこちらを見ながらひそひそ話をする女性達に、マリーは冷たい目を向けた。

◆　◆　◆

今日のパーティーは立食形式の晩餐会で、王妃への乾杯が終わったあとは自由な談笑の時間になった。

マリーはユベールに付き従い、ワイングラスを片手に挨拶回りに向かう。

事件が起こったのはその時だった。

誰かがマリーにぶつかってきた。よろめいたマリーは、グラスの中身をユベールにぶちまけてしまった。

悪いことに、マリーが飲んでいたのは赤ワインだったから、白いドレスシャツが無惨な状態になった。

「ごめんなさい。すぐに綺麗にします」

マリーは青ざめると、浄化の魔法を使おうと手を差し伸べた。しかし――

「触るな！」

険しい声とともにマリーの手がユベールに叩き落とされた。

「すまない……！　急にお前が触ろうとするから、つい反射的に……。驚いただけなんだ」

すかさず取り繕うように謝られたが、マリーは悲しくて涙がこぼれそうになった。

汚いから触るなと言われたように感じたのは、被害妄想が入っているだろうか。

叩かれた手の甲以上に、心が痛かった。

「……粗相をした私がいけないんです。服を汚して申し訳ありませんでした」

マリーはまばたきを繰り返し、涙を散らしながら頭を下げる。

「マリーは悪くない。若い女がぶつかってくるのが見えた」

ユベールは小さな声で囁くように告げると、自身に浄化の魔法を使った。

すると、赤く染まったシャツから、すうっと色が消える。

「くだらない嫌がらせをする」

ユベールは眉間に皺を寄せて吐き捨てた。

「そうですね。私達は好きで婚約しているのではないのに」

マリーが同意すると、彼の顔がより険しくなった。

「それでも義務は果たしてもらう。約束は来週だが、心の準備はできたか？」

「……はい」

ユベールからの通告に、マリーは嫌々ながら頷いた。

来週、マリーはユベールと婚前交渉をする予定になっていた。

（どうして私が犠牲にならなくてはいけないのかしら）

マリーはユベールから目を逸らすと、眉間に皺を寄せた。

貴族は法律で、男女共に二十歳を迎えるまで正式に結婚できないと決まっている。

これはかつて若年婚が横行した時、女性の産褥《さんじょく》死や新生児の死亡率が上がったせいで定められたそうだ。

そのため結婚は、年下のユベールが二十歳の誕生日を迎えるのを待っている状態だ。

それにもかかわらず婚前交渉の話が持ち上がったのは、ラトウィッジ侯爵家の事情によるものだった。

ラトウィッジ侯爵家は、領内に『魔の森』を抱えている。

かの地は、魔力の根源である『マナ』が地形的に溜まりやすく、魔物が発生しやすい土地だ。

この魔物達をあまりにも放置すると、群れて『大暴走《スタンピード》』と呼ばれる災厄をもたらす。そのため、春と秋の気候の良い時期に二回、ラトウィッジ侯爵家では大規模な魔物の討伐を行っていた。

マリーとユベールの婚前交渉は、間近に迫った秋の討伐に備えたものである。

この世界にはいくつかの理《ことわり》がある。性交渉をしてから魔法の契約を行うと、その男女の間に繋がりができ、お互いに大きなメリットが生まれるというのも、そのうちの一つだ。

一般的に、男性は持って生まれた属性に対応した攻撃魔法を、女性は治癒魔法を修めるのが常識である。

ここにも世界の理《ことわり》が働いている。治癒魔法は何故か女性にしか使えないのだ。そのため、自動的に性による役割分担が生まれた。

マリーも貴族女性として、女学校で治癒魔法を修めている。

しかし、治癒は扱いが難しい魔法で、他人に使う場合は非常に繊細な魔力制御が必要となる。

これは肉体に作用する魔法全般に適用されるものだが、魔力の波長が合わない他者の魔力を体に流す時には、かなり慎重にやらないと苦痛を相手にもたらしてしまうのだ。

これを解決するのが婚姻の契約魔法である。

マリーの魔力はあまり高くないが、対象が身内であれば、内臓の致命的な損傷や体の欠損の再生といった高度な治療が可能である。

そのため、治癒魔法は基本的には夫婦や親兄弟などの間で施術する魔法とされていた。

また婚姻の契約魔法は、お互いの魔力を底上げしたり属性を付与したり――様々な恩恵が発生するので、ユベールとマリーの場合、早めの契約が望まれていた。

◆　◆　◆

王妃の生誕パーティーがお開きになり、コートニー子爵家の屋敷にたどり着くまで、マリーにとって胃の痛い時間が続いた。

(別に送ってくださらなくてもいいのに……)

ユベールは外面が良いので、外出した時のエスコートは完璧なのだ。

ラトウィッジ侯爵家の馬車の中は二人きりの密室になるから気まずかった。

マリーはひたすら窓の外の景色を見て過ごした。

宮殿から貴族の屋敷が立ち並ぶ一角までは、魔石を動力とする街灯が一定間隔で整備されていて比較的明るい。

（早く着かないかな……）

考えるのはそれだけである。

ひたすら時間が早く過ぎてくれるように祈っていたら、ようやくコートニー子爵家の屋敷に着いた。

だが、ユベールの手を借りて馬車から降りようとして、マリーはまた失態を犯した。

おろしたての慣れない靴を履いていたのが悪かったのか、馬車のステップを踏み外してしまったのだ。

「きゃっ！」

咄嗟にユベールが支えてくれたおかげで転倒は免《まぬが》れたが、嫌い合っている相手と密着する羽目に陥って、マリーは青ざめた。

「も、申し訳ありません！」

「……ぼんやりしているから足を滑らせるんだ。気を付けろ」

ユベールは眉間に皺を寄せながらマリーを強引に立たせると、さりげなく距離を取った。

（どういう意味なのかしら……）

ワインをこぼしてしまった時と同じだ。いつもユベールから汚物扱いされている気がする。

「……支えてくださってありがとうございました」

「いや、怪我がなくて良かった」

素っ気なくそう告げるとユベールは馬車へと戻った。

彼を乗せた馬車が去って行くのを見送ってから、マリーは深くため息をつき、屋敷に入った。

（無理。本気で無理。私、あんな人に体を許さないといけないなんて……！）

再びマリーの目にじわりと涙が滲んだ。

「お帰りマリー、ユベール君とまた何かあったのかな……？」

玄関ホールに足を踏み入れると、出迎えのために待機していたらしいルカリオがいて、おずおずと声をかけてきた。

「何か……？　いつもと同じです」

マリーはルカリオに向かって吐き捨てた。

「致命的に許しがたい何かがあったとしても、お父様には何もできないではありませんか」

冷たく一瞥《いちべつ》すると、マリーはルカリオを置き去りにして自分の部屋に向かった。


「今日も侯爵家の若造は酷かったようですね、お嬢様」

暗い表情で自室に戻ったマリーに声をかけたのは、中で待機していた専属侍女のミラだった。

コートニー子爵領の小作人の娘で、マリーより二つ年上の彼女は、姉のような友人のような存在である。ダークブロンドと青灰色の瞳が特徴の大人びた美人だが、結構口が悪い。

「また服装にケチをつけられたわ。ミラがこんなに綺麗にしてくれたのに」

ドレッサーの前に座ると、化粧と髪型の効果で、いつもより二割増しくらい美人になった自分の姿が鏡に映った。

ミラは手先が器用で、化粧も髪を結う能力も高い。今日の髪型も、自分ではどうなっているのかさっぱりわからないが、複雑で可愛らしい形に編み込まれている。

「ユベール様に比べたら確かに私は地味よ。でも、わざわざ口に出して言わなくてもいいと思うの」

「まったくですね。あの方は見る目がありませんよ。お嬢様はこんなにもお可愛らしいのに」

ミラの手が髪飾りを抜き、少しずつ丁寧に髪を解《ほど》いていく。

髪を下ろしたら、次は化粧だ。

マリーは自分に浄化の魔法を使った。体中の汚れが魔法で落ちてさっぱりした。だが、そのままだと肌が荒れてしまうので、ここから先はミラの出番だ。

くるくると円を描くように顔をマッサージされると、とても気持ち良くて眠くなってきた。

ミラが用意した保湿用のオイルは薔薇の香りだった。胸いっぱいにその香りを吸い込むと、ささくれた気持ちが和らいでくる。

「私もいけなかったんだれど、ちょっとした事故でユベール様にワインをかけてしまって……。浄化の魔法を使おうとしたら手を叩かれたの」

「ええっ……。原因は事故だったんですよね？」

「そうよ」

マリーは肩を落とした。

「困ったわ……来週には私、あの人に抱かれることになる……。そうなったらもう逃げられない……」

この二年間、政略結婚らしく義務だけは果たそうと必死に自分に言い聞かせてきたが、このまま彼に体を許さなければいけないと思ったら、湧き上がる嫌悪感が押さえきれない。

今日のように、ユベールから接触を避けるような行動をされたのは、実は初めてではない。

前回はマリーにもちょっとした非があったが、それを差し引いても、あんな風にマリーを拒否する人間に体をいいようにされると思うと、どうしても我慢できなかった。

「ねえミラ。あと一週間でユベール様に死ぬほど嫌われて、婚約を解消していただく方法はないかしら?」

「うーん、そうですねぇ……」

ミラはマリーの顔の手入れをしながら唸《うな》った。

「そうだ。いっそのこと、やられる前にやっちまえばどうですか?　お嬢様」

「やっちまうって……。実力行使は無理よ。ユベール様に力では敵わないもの」

戦いは男の仕事というのがアライン王国での常識だ。マリーは一応水の攻撃魔術を使えるが、あくまでも護身用である。生まれ持った魔力が高く、実戦経験もあるユベールには、勝負を挑むまでもなく絶対に敵わない。

「そっちじゃなくて、閨《ねや》の方で主導権を握るんですよ。やられる前に押し倒して辱《はずかし》めれば、向こうがお嬢様を嫌ってくれるかも……」

「押し倒して辱《はずかし》める……?」

首を傾げたマリーに、ミラは悪い笑みを向けた。

「良い教本がありますよ、お嬢様。今日はもう遅いので、明日以降にご用意させていただきます。一緒に作戦を練って、見る目のない馬鹿に一泡吹かせてやりましょう!」

ミラの言わんとしていることの意味はさっぱりわからなかったが、何やら自信に満ちた様子である。

マリーは頭の中に疑問符を浮かべながらも、まずは話を聞いてみようと思った。

第一章　子爵令嬢の逆襲

社交界では成金と下に見られる家柄とはいえ、マリーはれっきとした貴族令嬢である。

ゆえに、子供の作り方は一応教育は受けたものの、あまり深くは知らなかった。

女の性器に男の性器を、花のおしべとめしべのように引っ付けることで子供ができる。具体的には旦那様に任せましょう——学校で教わったのはこの程度である。

だから、ミラが持ってきた数々の本は非常に刺激的だった。

はじめに手を伸ばした画集には、裸で絡み合う男女の絵ばかりが掲載されていて、マリーは思わず目を覆った。

「これは何……？」

「淫画と呼ばれるものですね。男性が一人で性的欲求を満たす時に使われるものです。殿方は定期的に男性器から子種を出さないと、イライラして何も手につかなくなるそうです」

「子種を出すのに、こういう淫らな本が必要なの……？」

画集に掲載されていた絵は、どれもこれも写実的かつ肉感的で卑猥だった。美術品の裸婦像とは明らかに違う。

（とやかく批判する方々もいるけれど、あれは芸術品だったのね……）

そう思わず実感するくらい、目の前の淫画は色々な意味ですごかった。

「男性が子種を出すには、女性の淫らな姿を見て興奮する必要があるようです」

「そうなの……」

ミラの答えはよくわからなかったが、マリーは男性を理解するために口元を押さえ、動揺しながらも画集のページをめくった。

「ねえ、ミラ、男性の……、排泄物を出す場所が女性の股に入っているように見えるんだけど……？」

「そうですね。それが性交渉です」

「えっと、性交渉は、女性器と男性器をくっつけるのよね……？」

「はい、ですから女性器の中に男性器が入っております」

ミラは不審そうに眉をひそめながら答えた。

「待って。これが男性器ということ……？」

「……はい。さようでございます」

「嘘っ！　こっちじゃなくて？」

マリーは絵のある一点を指さした。

「それは陰嚢ですね。子種を生産する場所と言われております」

「どういうことなの……。ここは排泄物を出すところでしょう？」

「排泄物も出ますが子種も出ます。ああ、ここにその様子が」

ミラは画集のページをめくり、マリーに提示した。

そこには、男性の局部を手で握る女性の姿が描かれていた。局部の先端からは白い液体が飛び散っている。

「この白いものが子種です。精液とも言いますね」

「訳がわからないわ。殿方は出し分けができるの？　間違って排泄物が出ることはないの？」

「恐らく出し分けができるのではないかと思いますが、私は男性ではないのでわかりかねます」

「どちらにしても汚いわ！　こんなものを体に入れるなんて！　浄化の魔法で綺麗にしても、排泄物が出るところなのよ！」

たとえ心の底から好きな男性のものでも無理かもしれない。ゾッとしてマリーは震えた。

「そもそも形が私の知っているものと違うわ！　グエンのはこんな形じゃなかった！」

「えっと、グエン様のものを見る機会が……？」

ミラは顔を引きつらせた。

「ほんの小さな子供の頃の話よ。あの子、着替えを嫌がって、裸で逃げ回ってた時期があったじゃない」

「ああ……。そんな時期もございましたね」

「もっと小さくて、つるんとした形だった気がするの。こんなに薄気味悪い形ではなかったわ。まるで亀の頭のお化けじゃない！」

「……幼少期の男性のものは誰しも皮を被っているのです。それが剥《む》けるとこのような形に。稀に剥けない方もいらっしゃるようで、剥けているかどうかは殿方のプライドに関わる重要な問題らしいです」

「まあ……。熟すと弾ける柘榴《ざくろ》のような構造になっているということ？」

「たぶんそんな感じかと。幼少期のグエン様のお話はどうか外ではなさらないで差し上げてください。恐らくプライドを傷つけてしまいます」

「いやだ、こんなはしたない話、ミラにしかできないわよ」

「そうですね。マリー様はそういう方ではありませんでした」

ミラはマリーに向かって優しく微笑んだ。

「性交渉の解説に戻りましょうか。殿方は子種を出すために男性器を擦《こす》らねばなりません。擦《こす》ると快感を得られて興奮し、それが極まると子種が出るようです」

「……つまり、この女性は牛の乳を搾《しぼ》る時のように、殿方のものを搾《しぼ》っているということ？」

「さようでございますね。配偶者や恋人がいない男性は、定期的にご自身でなさいます」

「では、ユベール様も……」

「なさっているのではないでしょうか？　特に浮いた噂も、娼館に通っているという話も聞きませんので……」

マリーは王子様然とした彼が、自分のものを握って子種を搾《しぼ》り出す様子を想像しようとしたが、上手くできなかった。そもそも、こんな薄気味悪い形のものが股間についているなんて、信じられない。

（一応、生きている人間で男性だから……ついているのよね……）

「女性の影がないのは、あの方の評価できるところではありますね。単に興味がないだけかもしれませんが……」

あれやこれやと考えてしまうマリーをよそに、ミラは淡々とつぶやいた。

「……そうね、領地のお仕事は真面目になさっているみたい」

マリーは顔をしかめた。ユベールの粗《あら》を探すための素行調査は、既にルカリオが実施済みである。だが何も出て来なかった。

（何かあれば良かったのに）

埃が出たら、それを理由に婚約破棄に持ち込めたかもしれない。非常に残念である。

マリーはため息をつきながら次の本に手を伸ばした。これも淫画だった。男女がありとあらゆる体勢で睦《むつ》みあっている様子が描かれている。

「……ねえ、ミラ、私、犬の交尾を見たことがあるの。二頭重なって腰をカクカクさせていたんだけど、あれと同じことを人間もしているように見えるわ」

「さようでございますね」

ミラの答えを聞き、マリーは青ざめた。

自分とユベールが同じことをするなんて、想像しただけでおぞましくて鳥肌が立つ。

「殿方は自分主導で男性器を女性に挿入し、擦《こす》り付けると優越感を覚えるようです。女性を支配しているような気持ちになるのではないかと愚考します」

「慣れるまでは痛むと聞いたわ。治癒魔法を使えばすぐに治せるけど……。それで優越感を？　酷い……」

「愛する男性から与えられる痛みなら許せても、そうでなければ腹が立つだけでしょうね」

マリーはミラの顔を見上げた。彼女には恋人がいるから、恐らく経験済みのはずだ。

「ミラは良いな。政略結婚とは無縁だものね」

「自由恋愛ができても、いい方と巡り会えるとは限りませんよ。私が初めてを捧げた相手は浮気性のクズ野郎でしたから」

「ミラがいるのに浮気したの？　最低ね。ミラは器量が良くて気立てもいいのに……」

「二股に気付いた時点で股間を蹴り上げて別れました。私、男運がないんですよね……」

ミラは物憂げな表情でため息をついた。

「私の話はいいんですよ。本題に戻りましょう。いいですか、マリー様。男の習性を利用して、やられる前にやりましょう」

「やられる前にって……？」

「性的に辱《はずかし》めを与えてやるのです！　嫌い抜いている女性から反撃されて、いいようにされたら、ユベール様は深い心の傷を負い、きっとお嬢様のことを嫌ってくれます」

「具体的にどうするの？」

「まず薬を盛り、ユベール様の自由を奪いましょう。その上で局部を露出させ、マリー様の手で子種を搾《しぼ》ってやるのです。この淫画のように」

マリーはギョッと目を見開いた。

「この手で触るの……？」

思わず利き手である右手のひらを見つめる。

「参考資料はこちらです」

そう告げながらミラが渡してきたのは小説だった。

「こちらは官能小説です。女性に辱《はずかし》められ、悔しさを覚えながらも快楽を得てしまう男の話が書かれております。こちらを読みながら具体的なやり方を予習しましょう」

「わ、わかったわ……」

マリーはごくりと生唾を飲み込むと、官能小説を手に取った。

そこに書かれていた内容は、非常に刺激的かつ薄気味悪かった。

「いかがですか、お嬢様、やれそうですか？」

「……想像すると気持ち悪いけど、未来のためだもの。が、頑張らないと……！」

マリーは青ざめながらも頷いた。

◆　◆　◆

時間が流れるのは早いもので、あっという間に約束の日が訪れた。

午前中から呼び出す辺り、気合が入っているように感じていやらしい。

男性は性行為が大好きだと聞く。気に入らない婚約者相手でも、やることはやりたいということだろうか。

ムカムカとしながら出かけようとすると、玄関ホールまで見送りにやって来たルカリオが声をかけてきた。

「マリー、何だか今日はすごく気合が入ってるね……」

「……お父様。私、さすがに色々と限界なので、今日は頑張ってユベール様に嫌われてこようと思います」

「そ、そうなんだ……。マリーがユベール君と上手くいってないのは知ってるから止めないけど、あんまり過激なことはしないでね」

「そうですね。目標はユベール様に徹底的に嫌われて、あちらから婚約を解消したいと言わせることなので……。できるだけ家には迷惑をかけないようにとは思っています」

マリーはふうっと深く息を吐いた。すると、何かを察したのか、どこからともなく猫のミュウが現れ、マリーの足に体を擦《こす》り付けてきた。

「あら、ミュウ、どうしたの？」

純白の毛並みに、マリーとお揃いのヘイゼルグリーンの瞳を持つミュウは、大好きで大切な四本足の友人だ。視界に入ってくるだけで和ませてくれる。

人との触れ合いが苦手で、抱くと全力で突っ張ってくるのが残念だが、それはそれで可愛いからたまらない。

「ミュウ、私、頑張るから応援してね」

抱き上げると案の定、四肢を全力で突っ張る拒否のポーズでニャアと鳴かれた。

更にぐいんぐいんと暴れ出したので腕の中から解放すると、ミュウはすかさず距離を取り、毛並みが乱れたとばかりに毛づくろいを始める。

(もう！　今日もツンツンなんだから)

だが、それもいい。

どちらが主人なのかわからない。それが猫の魅力である。

ミュウのおかげで少しだけ肩の力が抜けた気がする。

(よし)

マリーは心の中で気合を入れ直すと、王都の中心部にある転移陣が置かれている建物――『ゲート』へと向かった。


転移陣は主要な領主貴族の領地内に設置され、重要な移動手段となっている。

ゲートが設置されるのは、大抵の場合、領地屋敷がある都市――領都だ。

ラトウィッジ侯爵領の領都であるラトウィンに移動したマリーは、ゲートの受付でユベールを発見して顔をしかめた。

(何でいるのよ！)

いつもは出迎えになんて来ないいくせに。

「ここまでいらっしゃるのは珍しいですね」

マリーは平静を装って声をかけた。

「すっぽかすかもしれないと思ったからな」

「そんな不誠実な真似はしません」

ラトウィッジ侯爵家の不興を買ったら、コートニー子爵家が不利になる。

(力関係はわかっているくせに)

実に腹の立つ男である。

「心の準備はしてきたんだろうな」

「はい」

(別の準備もしておりますが)

マリーは心の中でつぶやきながら頷いた。

ちなみに、婚前交渉自体は両家とも承知している。

ラトウィッジ侯爵家から話があった時、ルカリオは衝撃を受けていた。家格の差があるせいで断ってはもらえなかったのだが。

だが具体的な時期は、マリーからユベールにお願いして秘密にしてもらった。互いの両親に把握された状態で事に及ぶなんて、恥ずかし過ぎる。

そのため、今日はお互いの親には、月に一度開催しているいつもの交流会と説明していた。

「……行くぞ。両親はどちらも出掛けて今日は留守だから、余計な邪魔は入らないはずだ。お前はただ横になっていればいい」

「はい」

（横になるのはあなたですけどね……）

マリーは心の中でつぶやくと、何食わぬ顔でユベールに従った。

◆　◆　◆

領地屋敷にたどり着くと、いつものように二階にあるユベールの私室に通された。

彼の部屋はダークブラウンの家具を中心に纏《まと》められており、無駄なものが一切置かれていないので硬質な印象がある。

唯一装飾として置いてあるのは、チェストの上にある硝子《ガラス》製の天球儀で、内側に仕込まれた魔石灯が青い光を放っていた。

「マリー、こっちだ」

「お待ちください。私、喉が乾きました。お茶を飲んでからにしませんか？」

早速寝室に連れ込もうとするユベールを、マリーは慌てて制した。

「その……そういうことをしたら、きっと喉が乾くと思うんです。だから、事前に水分を摂っておいた方がいいと思います！　私がお淹れしますから」

「……わかった。早くしろ」

ユベールは舌打ちした。つくづく癪《しゃく》に障る行動をする人間である。

月に一度の交流会は大抵ここで行われ、何度も訪問しているので、茶器の場所はよく知っている。

マリーは壁際にある戸棚へ行き、お茶を淹れる準備をしながら、こっそりと隠し持ってきた錬金薬をユベール用のカップに仕込んだ。

意識を保ったまま体だけは動かなくなるという代物で、女学校時代の伝手《つて》を使ってこっそりと手に入れた。

値は張ったが、望む未来を手に入れるためだから惜しくはなかった。

マリーの魔力属性は水である。水の生成はお手の物だ。

魔法で作り出した水を魔道具でお湯に変え、茶葉を投入したポットに注ぐと良い香りが漂ってきた。

揃いのカップは、少しだけ描かれている植物が違う。

(カモミールがユベール様、ローズマリーが私)

薬を入れた方を間違える訳にはいかないので、マリーは心の中で復唱しながら、ソファに座って待機しているユベールのところへ向かった。

間違えないようにカモミールの描かれたカップを渡してから、彼の斜向《はすむ》かいに座る。

怪しまれないように自分のカップに口を付けながらユベールの様子を窺うと、彼は何の疑いもなくカップを傾け、お茶を口にした。

その直後――

ガチャン、とユベールがカップを取り落とした。

「ぐっ……」

熱いお茶が胸元から下肢にかかり、ユベールは小さく呻《うめ》き声を上げる。

「あらあら大変！　すぐに治して差し上げますからね！」

立ち上がって駆け寄ろうとしたマリーを、ユベールはぐったりとソファに身を預けた状態で睨みつけてきた。

「お前……何か盛ったのか……？」

行動がわざとらしかっただろうか。

反省しながらも、マリーはユベールを睨み返した。

「虐《いじ》められた猫は虎になるんですよ」

ことわざを引用して答えたマリーに、ユベールが青ざめた。

「そんなに怯えなくても、痛いことはしませんから」

マリーはその場に屈むと、ユベールが取り落としたティーカップを拾い上げた。

カップは床に落ちた時の衝撃で、罅《ひび》が入ってしまっている。

（あら、残念）

有名な陶磁器メーカーの品なのでもったいないが、もうこのカップは使い物にならないだろう。

（ごめんなさい、ユベール様。でもあなたがいけないんですよ）

この謝罪はカップの破損に対してである。

マリーは拾ったそれを机の上に置くと、改めてユベールに向き直った。

「まずは火傷の治療からですね」

マリーはユベールの耳元に唇を寄せて囁くと、濡れた服に手を伸ばした。

タイを解《ほど》き、ウェストコートとシャツのボタンを外すと、ユベールの引き締まった素肌が現れた。

胸にもお腹にもしっかりと筋肉がついていて、余分な肉が一切ないのは、武の侯爵家の嫡男として、普段から鍛えているからだろう。

「大変、やっぱり赤くなっていますね」

マリーは指先を滑らせて、割れた腹筋にそっと触れた。

(すごい。でこぼこ)

ぽよんぽよんのルカリオとも、痩せぎすで貧相なグエンとも全然違う。

マリーは不覚にもときめいてしまい、慌てて頭を振ってその考えを打ち消した。

顔や体がいくら綺麗でも、ユベールはマリーにとって大嫌いな婚約者である。

マリーは魔力を治癒の力に変換すると、ゆっくりと彼の体に流した。

「う……」

身内ではない人間から魔力を流されると、肌の下を虫が這いずり回るような不快感があるものだ。

だから、他人に治癒を施す時は慎重にやらなければいけない。

気持ち悪いのだろう。ユベールは呻《うめ》きながら眉を寄せ、はあはあと荒い息をついた。

「ふふ、綺麗に治りました。お茶は確か下の方にもかかっていましたよね」

「そっちはいい……触るな……」

「駄目ですよ、ちゃんと治さないと。それに今日は、元々こちらを私に晒すおつもりだったのでは？」

「やめろ！」

トラウザーズのボタンに手をかけると、ユベールは大きく目を見開いて、強く制止した。

マリーは黙殺し、一つひとつボタンを外していく。

「あら？　硬いものがありますけど、これは何でしょうか？」

（性的興奮を得られる要素なんてあったかしら？）

首を傾げながらも指摘すると、ユベールの頬が赤く染まった。

いつも高圧的で尊大な暴君のそんな姿に、マリーは自分の中の凶暴なものが目覚めるのを感じた。

ぞくぞくする。もっと彼をいじめて貶《おとし》めてやりたい。

これまでの鬱憤を一気に清算する機会がようやく巡ってきたのだ。

ミラと予習した時は上手くできるかどうか不安だったが、ちゃんとできそうだ。むしろ楽しい。

「私、知ってるんですよ。男性のここが、いやらしい気持ちになると大きくなるって。ユベール様ったらこんな状況で興奮しちゃうなんて、変態だったんですね」

クスクスと笑いながら、マリーはトラウザーズの前をくつろげたところで制止した。

患部を見るためには脱がせたいが、ソファに座った男性からトラウザーズや下着を剥《は》ぎ取るのは、マリーの力では難しそうである。

（身体強化魔法を使うべきかしら）

少し考えるが、マリーは股間にお茶がしっかりとかかっているのを改めて確認して、意見を改めた。

これを材料に、辱《はずか》しめを与えられると気付いたのだ。

「まるでお漏らししたみたいになっていますね」

マリーは下着にちょんと触れてみた。

「お前、こんなことしてただで済むと……」

「はい、思っていません。だって私の目的は、ユベール様に今までの仕返しをすることですもの」

屈辱に顔を歪めるユベールを前に、マリーは暗い微笑みを浮かべた。

――自分の中にこんなに嗜虐的な一面があったなんて知らなかった。

マリーの中の獰猛な獣を目覚めさせたのはユベールだ。だから、きっちり責任を取ってもらわなければ。

下着をずらすと、大きくなったユベールのものが勢いよく飛び出してきた。

マリーは初めて目にする男性のそれに、目を丸くした。形は淫画に描かれていたものとそっくりだが、想像していたよりも大きい。

「やだ、殿方の男性器というものは、こんなにも大きいんですか……？」

「……っ！　見るなっ……」

ユベールは絶望の表情を浮かべ、目を逸らした。

「男の人のって、すごい……」

自分の中に受け入れられるとは到底思えない。

(素直に身を任せなくてよかった……。こんなものを受け入れたら裂けてしまうかも……)

マリーはしみじみと実感しながら、目の前のものを観察した。

「ここも少し赤くなっていますね。先に治しましょうか」

性器の根元、太腿の付け根辺りが赤くなっていた。

(髪が金色だとここも金なのね……)

よく考えれば当然なのだが、自分との差異に妙な感動を覚える。

治癒は患部に直接触れなければできない。マリーは少し抵抗があったが、思い切って赤くなっている部分に触れると治癒の魔力を流した。

「やめっ……、っあっ……!」

体の中に他者の魔力が流れる感覚が相当不快なのだろう。ユベールは悲鳴を上げた。

腹筋と一緒に、大きく膨らんだそこもひくひくと揺れる。

「やだ、もしかして感じてます？」

「違う！」

彼の潤んだ鮮やかな青い瞳にぞくぞくした。

ユベールのものは、思っていたよりも清潔感があった。

淫画のそれと違って黒ずんでいないからだろうか。マリーは観察しながら分析する。

肌よりも赤味が強く、幹に血管がぼこぼこと浮いていて、まるで怒っているみたいだ。

一方で限界まで膨張し、つるつるとした先端には、涙のように透明な体液が滲み出ていた。

(いやらしい形……)

まるで別の生き物みたいで、これが綺麗な顔のユベールに付いているというのが信じられない。

いや、これは男性なら誰にでもついているのだ。

ルカリオやグエンの顔が頭の中をちらつき、慌ててマリーはその考えを追い出した。

治療が終わって赤みが引いたので、先端に触れてみると、ユベールは息を呑んだ。

そこから分泌されている透明な体液は、ぬるぬるしていた。マリーは塗り広げるように指を動かしてみる。

「……マリー、ここまでするほど俺が疎ましかったのか？」

「むしろ、疎ましくないとお思いでした？　あんなにも人のことを地味だの、ドレスが似合わないだの、いつも冷たい態度を取っておいて。何度も言いましたよね、私。気に入らないのなら婚約を解消してくださいって」

「できないと言っただろう……」

「母が母がって言い訳ばかり。本気で嫌だったのなら、思い切って逆らってみてもよかったのではありませんか？　なさらなかったのは何故？」

腹が立ってきたのでそこを強く握ったら、ユベールは悲鳴を上げた。

「あら、ごめんなさい。ここは男性の急所でしたね。痛いですか？　治癒しましょうか？」

「やめろっ……」

「じゃあ、優しく撫で撫でしてあげますね。いい子いい子」

子供にするように優しく先端を撫でると、ユベールは「ん……」と微《かす》かな声を漏らした。

「気持ち良いんですか？　これ」

「マリー、もうやめてくれ。マリーの気持ちはわかったから……」

「嫌です。折角ここまで準備したんですから。ちゃんと子種を出すところまで私に見せてください」

微笑みながら告げるとユベールは息を呑んだ。

「駄目だ。マリーの手が、汚れる……」

「汚れても浄化するから大丈夫ですよ」

「違う、そうじゃなくて……。男の欲になんか触るな」

「今日その欲を私の中で発散するつもりだったくせに、何をおっしゃっているんですか」

「ぐっ……」

ぎゅっとそこを握ると、ユベールは悲鳴を上げた。

そこは驚くほど硬くて太くて熱かった。

（まるで骨が入っているみたい）

これで平常時はふにゃふにゃだというから、人体とは不思議なものである。マリーは手の中の肉塊をまじまじと観察した。

「ねえ、一人でする時はどうなさるんですか？　ユベール様」

「ひとり……？」

「殿方は定期的に子種をここから搾《しぼ》らないと、イライラして何も手に付かなくなるそうですね。ユベール様の素行を調べさせていただいたんですが、見事に何も出て来なかったんですよね。ですから、ご自身で子種搾《しぼ》りをなさっていたのではありませんか？」

「なっ、何を言い出すんだお前は！　そんなこと、教えられるか！」

ユベールは顔を真っ赤に染めて動揺をあらわにした。

「でも、ユベール様が子種出すまで、これ終わりませんよ。それとも誰か使用人が来るか、時間切れまでこうやって辱《はずかし》められる方がいいんですか？」

いつまで人払いをしているのか知らないが、お昼時かティータイム辺りには、誰か覗きに来るのではないだろうか。

首を傾げながらユベールの様子を窺うと、彼は歯を食いしばり、諦めたような表情で目を閉じていた。

「……擦《こす》って」

「こする？」

「手で上下に……」

（……やっぱり自分を慰めていらっしゃったのね）

想像するだけで笑いがこみあげてきた。

マリーはユベールの指示に従い、手を上下させる。

「もうちょっと強く握って……っく、それは強過ぎだ！」

さっきまであんなに抵抗していたくせに何気に注文が多い。

「女にはわからないかもしれないが、そこは敏感なんだ。そう……それくらいで、もっと早く動かしてほしい……」

気持ち良いのだろうか、ユベールは食い入るようにマリーの手を見つめ、はあはあと荒い息を漏らしている。息を吐く度に腹筋が動いていた。そして胸の頂《いただき》が濃く色付き、勃《た》ち上がっている。

（そういえば、小説ではここに触ってたわ）

予習のために読んだ官能小説では、主人公の男性が女性にそこを揶揄されながら弄《いじ》られて嬌声を上げていた。

赤子に乳をやる訳でもないのに、男性の胸に何故それがあるのか今まで疑問だったが、きっと性行為の時に使うために存在するに違いない。

自分の胸に比べると、ユベールのそこは小さくて慎ましかった。ささやかな存在なのが可愛らしい。

開いている左手を胸元に添えると、自分の体と違って平坦で硬く、まるで板だった。胸板という言葉の意味を実感する。

マリーはユベールの胸元に顔を寄せると、ちゅ、と口付けてみた。

彼の肌からは香水なのか体臭なのか、微《かす》かにサンダルウッドに似た良い香りがした。

（見た目がいいと、良い香りもするものなのかしら。それとも身だしなみに気を使っているから？）

首を傾げながらも何だか腹が立ったので、マリーはそこを摘《つま》んでみた。すると、ユベールは悲鳴を上げる。

「……っ、胸は駄目だ」

「どうして？」

「くすぐったい……」

「でもこっちは反応しましたよ？」

胸にキスした瞬間、性器が反応したことを指摘すると、ユベールは自分でも信じられないのか、目を大きく見張った。

「……本当にくすぐったいんだ。謝るから許してほしい……。今まですまなかった、マリー」

下手に出るユベールは可愛かった。年下らしく、いつもこんな風に殊勝にしていれば可愛げもあるというのに。

「じゃあこちらは？」

マリーが次に目をつけたのは、男性器の後ろにある部分——陰嚢だった。

包み込むように触れてみると、うずらの卵のようなものが入っている感触があった。

「わあ、すごいですね。袋の中に何か入ってる感じ」

「痛っ……」

「ごめんなさい。ここは急所でしたね」

むに、と握りながら囁くと、ユベールがひゅっと息を呑んだ。

「強くされると痛い。頼むから、触るなら優しくしてくれ」

「優しくなら触ってもいいんですか？」

「止めても触るくせに……」

「そうですね」

「男の体なんて、触っても楽しくないだろ」

「そうでもないですよ」

板のような胸も、割れたお腹も、男性器も——自分とは全然違う異性の体に触れるのは、思ったよりも楽しい。

「男性の体って、こんな風になっていたんですね……」

「っ、マリー、もう少し速く……」

はあ、と息をつきながら、ユベールは懇願するような眼差しをこちらに向けてきた。

「おねだりなんかして、恥ずかしくないんですか？」

「恥ずかしいに決まってる……！　でも、出さないと、終わらないんだろ……」

頬を真っ赤に染めて睨みつけてくるユベールの姿に、マリーは思わずゾクゾクした。

いじめや陰口を叩く人間の心理が、今初めて理解できた気がする。

「こんな感じですか？」

マリーはユベールのものを擦《こす》る手の速度を上げた。

「もっと速く……」

「もっと？　摩擦で痛くないんですか？」

ミラの指導で練習した時よりもずっと速い。本当に大丈夫なのか不安を覚えた。

「痛くない。気持ちい……」

ユベールの青い瞳がとろりと溶けている。

その姿に、マリーはゾクゾクするような色気を感じた。――男性なのに。

そうだ。彼は何だか見ていて腹が立つ存在なのだ。良い香りがするだけではなくて、下手な女の子よりもずっと睫毛が長く、肌だって綺麗で。

「っあ、駄目だ、マリー、出るっ！」

「出していいですよ」

「いやだ、こんな、マリーの前でっ……」

「恥ずかしくないから出しちゃいましょう。飛ぶんですよね？　どこまで飛ぶんでしょうか」

優しく囁くと、ユベールは息を呑んだ。

「駄目だ、紙か布で押さえて……っあ、出るっ、出……」

びゅる、と先端から白いものが飛び出す瞬間をマリーは目撃した。

びゅる、びゅく、びゅっ……

性器が痙攣する度に先端から白い液体が飛び、マリーのドレスの胸元にかかった。

最後は勢いを失い、だらだらと垂れて性器と性器を握っているマリーの手を汚した。

「これが精液……？」

子種がたくさん入っているという、男性の体液。

マリーは手のひらと胸元の白濁を呆然と見つめた。

想像していたよりも勢いよく吹き出した。そして、青臭い独特の匂いがする。

マリーはユベールの性器から手を離し、指先で白濁の感触を確かめる。

ぬるぬるしているようで、べとつきはせず少しさらさらしていた。不思議な感触だ。

（なんていやらしいの……）

とてもいけないことをした気分である。胸がどきどきしていた。

「満足したか……」

ぽつりとつぶやいたユベールの瞳は、潤んで濡れていた。目尻には屈辱の印だろうか、涙がこぼれている。

「ええ、とても」

マリーはにっこりと微笑むと、ユベールと自分に浄化の魔法をかけた。

二人に纏《まと》わりついていた体液の痕跡が、性の匂いも含めて綺麗に消滅していく。

マリーはドレスのポケットに入れていた、もう一つの錬金薬の小瓶を取り出して、中身をくいっとあおった。

「マリー……？」

目を見開くユベールに顔を寄せ、形の良い唇に己のそれを重ねる。

うっすらと開いた唇の間から舌を侵入させると、甘い薬を流し込んだ。飲み込ませなければいけないので、口付けながら鼻を摘《つま》んだ。

こくんと喉が上下したのを確認すると、マリーはユベールから身を離した。

「何を、飲ませ……」

ユベールは最後まで言葉を紡げず、そのまますうっと眠りに入った。

「ただの睡眠薬ですよ。大丈夫、後遺症も何もないお薬です」

マリーはユベールの耳元で囁くと、乱れた衣服を直してやり、あらかじめしたためておいた手紙を置いた。

「さようなら、ユベール様」

（これでやっと離れられる）

無事作戦を終え、マリーは小さく息をついた。

ソファに身を預け、眠り込むユベールを見ると、達成感が湧き上がる。

（大嫌いでしたが、今日のあなたは可愛かったですよ）

心の中でそう囁き、マリーはユベールの部屋をあとにした。

◆　◆　◆

ユベール・ラトウィッジ様

私はあなたが嫌いです。あなたと婚姻し、将来を共にすることは、私にはとてもできそうにありません。想像すると寒気がします。そのため、行動を起こすことにしました。

あなたに冷たい態度を取られる度に、私は傷ついておりました。

侯爵家は名門かもしれませんが、嫁ぐことによって私に課せられる責任が重過ぎます。

本当は討伐がある度に、婚約者として呼び出されるのも嫌でした。

何故嫌いで仕方のないあなたのために、あのような奉仕活動をしなければいけなかったのでしょうか？

もう一度申し上げます。私はあなたが嫌いです。

手紙の頭書きに『親愛なる』なんて付けられません。

ですからどうか、婚約をなかったことにしてくださいませ。

エレノア様が、という言い訳はもう聞きたくありません。

あなたがそうしたいと申し出れば、婚約の解消は叶うはずです。

マリー・コートニー

そんな文面の手紙を置いて逃げ帰ったマリーのもとを、ユベールが訪れたのは一週間後だった。

「お嬢様、ユベール様がいらしていますよ。お嬢様に会わせてくれって」

「そう。お父様にも同席してもらった方が良さそうね」

自室で飼い猫のミュウと戯れていたマリーは、ミラに呼ばれて顔を曇らせる。

困ったことに、ルカリオは商会の用事で外出しており、戻りは夕方になると聞いている。

「いえ、お嬢様と二人きりでお話ししたいと、強く要望されています」

父を呼び戻す算段を考えていたマリーは、ミラの言葉に目をしばたたかせた。

「二人で？」

「ええ、二人でと」

頷くミラに、マリーは訝《いぶか》しげに眉をひそめた。

「応接室にお通ししてちょうだい。すぐに行くわ」

婚約の解消の話ではないのだろうか。

首をひねりながら髪や化粧を簡単に直し、応接室に入ると、マリーの姿を認めたユベールが勢いよく立ち上がった。

「マリー！」

「ごきげんよう、ユベール様」

マリーはユベールに声を掛けると、ソファの向かい側に腰を下ろした。

すると、彼もそれに倣《なら》った。

「訪ねるのが遅くなってすまなかった。どうしても外せない領地の仕事があったんだ」

「お気になさらないでください。婚約の件ですよね」

「ああ、解消はしない」

「……は？」

マリーは予想外の発言に、ぽかんと目と口を見開いた。

「あんなに辱《はずかし》められて、何でそうなるんですか……」

「辱《はずかし》め……？　あれが？」

ユベールはマリーに向かってわずかに目を見開いた。

「確かに恥ずかしかったが、俺は辱《はずかし》められたとは思っていない。むしろ褒美だった。新しい扉を開いた気分だ」

(ご褒美⁉　新しい扉⁉)

「ま、まさかユベール様……、そういう性癖に目覚めてしまわれたんですか……？」

マリーは呆然とつぶやいた。するとユベールが眉をひそめる。

「……そういう性癖とは？」

「えっと、それは、その……。女性に責められたい的な……」

青ざめて身を引くマリーに対して、ユベールはかあっと頬を染めた。

(やっぱりそうなのね……)

「も、申し訳ありません。まさかユベール様が被虐性癖をお持ちとは夢にも思わず……」

カタカタと震えるマリーに向かって、ユベールは頬を紅潮させたまま沈黙している。

「目覚めさせてしまってごめんなさい。でも、あの、ユベール様の外見と身分があれば、理解してくれる女性はすぐに現れると思います。ですから、どうか私のことはお忘れになって解放を……」

「解放なんてしない」

ユベールは地を這うような低い声で宣言した。表情も羞恥から怒りに変わっている。

「責任を取れということですか……？」

「……………そうだな。責任を取ってもらう」

わずかな沈黙のあと、ユベールは静かに告げた。マリーは目の前が真っ暗になった。

（嫌われるために私、頑張ったのに……）

まさかユベールのおかしな性癖を目覚めさせてしまうなんて、夢にも思わなかった。

「討伐の手伝いがそこまで負担をかけているとは思わなかった。そちらは両親に相談して何とかする。だが、結婚は予定通りしてもらう。婚前交渉も」

（それって、ユベール様の性癖を満たしながらってこと!?）

マリーは当然ながら純潔である。そんな初心者相手に、彼の要求は高度過ぎる。

「逃がさないからな」

ユベールは、じっとりとした目をマリーに向けてきた。

「日程を改めて決めるぞ。秋の討伐まであと二か月しかない」

（そんな……）

マリーは心の中でミラに助けを求めた。

◆　◆　◆

たまたま所用があり、学校の寄宿舎から屋敷に帰還していたグエンは、自室の窓から馬車が出ていくのを発見し、邸の階下に降りた。

あの馬車は、恐らくユベールを乗せたものに違いない。

玄関ホールに姉の姿を認めると、グエンは声をかけた。

「姉上、帰られたんですか？　ユベール様」

振り返った姉の姿には哀愁が漂っていた。

この様子を見ると、姉の作戦はどうやら上手くいかなかったようである。

（そりゃそうだよなぁ。だってユベール様って、何故か姉上にこだわってるもんなぁ……）

弟のグエンから見た姉は暴君なので、何が良いのかはさっぱりわからない。

ユベールと並ぶと見劣りはするものの、顔がそこそこ可愛いのは認める。

つり目がちの大きなヘイゼルグリーンの瞳が特徴で、飼い猫のミュウと見た目も雰囲気もそっくりである。猫好きならぐっとくる顔立ちなのではないだろうか。

ついでに胸も結構大きい。実の姉だが、身内のひいき目を差し引いても、なかなかそそられる体型をしていると思う。

しかし、マリーは結構気が強い。グエンは弟という名の下僕扱いを子供の頃から受けてきた。

嫌がっているのにままごと遊びの赤ちゃん役をやらされたり、ドレスを着せられて女装を強《し》いられたりと、少し記憶をたどるだけでも苦い思い出が山ほど出てくる。

だからといって決してマリーのことが嫌いな訳ではない。

好物のお菓子を分けてくれたり、病気で倒れた時に看病してくれたりと良い思い出もあるので、好きか嫌いかで聞かれたら好きではあるが、できればもっと優しくて、甘やかしてくれる姉が欲しかった。

(姉弟《きょうだい》って、こんなものなんだろうけど……)

学校の同級生から話を聞いても、大抵の姉という生き物は弟にとって決して逆らえない、君主のような存在らしい。

(ユベール様にも問題はあるんだけどなぁ……)

マリーに好意があるのに、それを素直に伝えられなくて、ちょっとどうかという言葉を投げつけているのを見ると、身内としては気分が悪くなる。

そのあとでユベールが落ち込んでいる姿を見ると、溜飲が下がるし面白くもあるのだが。

グエンがユベールの気持ちを知ったのはたまたまである。

マリーの扱いにさすがに怒ったルカリオが、こちらにユベールを呼び出した時に偶然居合わせ、あまりにも気になって立ち聞きをした。

その時のユベールは傑作だった。

ルカリオにマリーへの気持ちを問いただされ、小さくなっていた。

結果的にルカリオは折れた。

というか、婚約の解消は、ルカリオがいくら頑張っても難しいらしい。その理由はラトウィッジ侯爵夫人だった。

エレノア・ラトウィッジは、親友・ベアトリスの娘であるマリーを嫁に迎えることにこだわっている。そこが崩れない限り、コートニー子爵家の力では、婚約の解消には相当な努力と覚悟が必要なようだ。

ユベールの気持ちを確認し、ルカリオはもう少し静観すると決めたようだったが、心の中では彼に対して非常に怒っている。

マリーの前では頼りない父親を演じ、一切ユベールに協力しないのがその証拠だった。

階下に降りたグエンは、ユベールの見送りを終えたらしいマリーと出くわした。

「どうしようグエン。ユベール様が変態になってしまったわ」

「は?」

グエンは唐突な姉の言葉に呆気に取られた。

「変態とは? 姉上、ユベール様に何をしたんですか……?」

詳しく尋ねようとしたら、マリーは頬を真っ赤に染めた。

「そんなこと言えない! 馬鹿グエン! 使えない!」

理不尽にこちらに向かっていきなり喚《わめ》くと、姉は走り去ってしまった。

(何か、更におもしろ面倒臭いことになっているような気が……)

グエンは眉をひそめて姉の後ろ姿を見送った。

第二章　侯爵令息の追想

いったい何故、こうなったのだろう。

ユベールは、こちらが被虐性癖に目覚めたと勘違いしているマリーを目の前に、呆然とした。

初対面の時のマリーが、ユベールにとって気に入らない婚約者だったのは確かだ。

だが、今は違う。

「逃がさないからな」

ユベールはマリーに婚約の解消はしないと宣言してから、マリーの屋敷をあとにして帰路についた。

その道すがら、頭に浮かんだのは、初対面の時の自分の失態だった。

◆　◆　◆

マリーと初めて出会った二年前のユベールは、今思い返すと鼻持ちならない傲慢な子供だった。

ラトウィッジ侯爵家の嫡男として生まれ、未来の後継者である自分に、ほとんどの者は頭を下げた。

そもそもユベールが礼を取らねばならない相手は数少ない。王族と、家格が同等の侯爵家の者くらいだ。

母譲りの優れた容貌に加え、学問も武術も魔法も人並み以上にできたので、ユベールには嫌でも周囲からの注目が集まり——結果、そういう人間になっていたのである。

「ユベールのお嫁さんはね、ビビのところのお嬢さんが良いの」

ことあるごとに母のエレノアは、そんな夢物語をユベールに語った。

彼女は、女学生時代に知り合った親友のことが大好きで仕方ないらしい。

その親友はコートニー子爵家に嫁ぎ、ユベールより二つ上の娘を産んでいた。

エレノアは、ユベールが物心ついた時には、マリーと名付けられたその娘を嫁にすると言って頑として譲らなかった。

父のシャールはエレノアに心酔していて言いなりだった。だからユベールは、早いうちから自分の未来の妻はコートニー子爵令嬢で決まったと理解していた。

まだほんの小さな頃は、マリーと会うのが楽しみだった。

しかし思春期を迎え、世の中の仕組みがある程度わかるようになった時には、その気持ちは真逆になっていた。

(何で俺が、母上の夢の犠牲にならないといけないんだ……)

しかし、抵抗はできなかった。

「……わかってるよな？　ユベール」

暗黒の笑みを浮かべるシャールにそう言われ、ユベールは恐怖を覚えた。

父は母に尽くすことを命題として生きている男だ。

エレノアが親友のベアトリスについて語る時、表面上はにこにこと聞いているように見えても、その実、目は笑っていない。

シャールは、自分以外の者にエレノアが興味を持つと、強い嫉妬心をあらわにする。

それは女友達に対しても例外ではなかった。

女性ばかりの昼間の社交の集まりには快く送り出すが、少しでも帰りが遅いと陰で不満を漏らすし、エレノアが戻ってきたらべったりと張り付いて離れない。子供のユベールから見ても、いかがなものかと思う行動を取る男だった。

そしてエレノアはと言えば、シャールの嫉妬をわざと煽り、楽しんでいるふしがあった。

ユベールは、ロイヤル・カレッジに入学する頃には、両親の関係がどこか歪んでいることに気付いていた。


コートニー子爵家は、五十年ほどの歴史しか持たない成金の新興貴族だ。その娘が自分の妻になるということは、成長して社会のことを知ったユベールにとって屈辱だった。

身上書によると、貴族としての魔力は最低限、女学校の成績も平凡で、とても自分に釣り合う女だとは思えなかった。

婚姻にあたって、魔力量は問題にならない巡り合わせなのがまた腹立たしかった。

国力と魔力は等しいため、この国の貴族は厳重に血統の管理を受けている。

とはいえ、高位の貴族同士で婚姻を繰り返すと、血が濃くなり過ぎて子供の奇形率や死亡率が上がる。そのため、何代かに一度は下位貴族や平民の血を混ぜなければいけないと定められていた。

ラトウィッジ侯爵家では、二代にわたって高位貴族同士の婚姻が続いており、ユベールの代で薄めるかどうするかという状況だった。

そして、ユベールが十三歳の時、ベアトリス・コートニーが亡くなった。その時のエレノアの悲しみようは大変なもので、以前にも増して婚約の話を口にするようになった。

ラトウィッジ侯爵家からの申し出を先方が受けたのは、マリーが十八歳を迎えた時だった。

申し込み自体はユベールが物心ついた頃から行っていたようだが、ルカリオがなかなか首を縦に振らなかったと聞いた。

それもユベールにとって印象が悪かった。たかが成金子爵家のくせに何様だと思った。

幼いうちからマリーと知り合って、頻繁に交流があれば、二人の関係は大きく変わったのかもしれない。もしくは年齢差が逆であれば。

だが顔合わせが行われた時には、ユベールはマリーに対して、強い嫌悪感を覚えている状態だった。

二年前——

ラトウィッジ侯爵家に、ルカリオとマリーの親子がやって来た。

本人と実際に対面しても、ユベールの意見は覆《くつがえ》らなかった。

顔立ちはそれなりに可愛らしかったが、自分と比べると見劣りするし、体が細すぎるのも微妙だった。

特に気に食わなかったのは、こちらを見ても、無表情を貫き続けていたところである。

ユベールを見た人間は、大抵何らかの感情を浮かべるものだ。

羨望、尊敬、崇拝、嫉妬、畏怖、嫌悪——正も負も含めて様々な種類の感情を向けられることが普通だったので、余計に不快だった。

挨拶を交わしたら、エレノアが余計な気を回したせいで、ユベールがマリーに庭を案内することになってしまった。

二人きりになって、彼女への嫌悪感は更に増した。

彼女はユベールとの婚約を少しも嬉しそうにしていなかった。財力だけの成金子爵の娘のくせに。大した容姿でもないくせに——

あまりにも腹が立って、ユベールは鬱憤をそのままぶつけてしまった。

直後、紳士らしからぬ自分の行動に後悔したものの、一度口から飛び出した言葉はもう戻らない。

こちらの発言にマリーは当然怒った。婚約の話をなかったことにしてほしいと言われたが、エレノアが乗り気である以上、ユベールにできることは何もなかった。

ただ——この時、静かに怒るマリーの顔は悪くないと思った。

当時、ユベールは十六歳で、ロイヤル・カレッジの学生で、顔合わせのためにわざわざ外出許可を取って領地に戻っていた。翌日には学校に戻らなければならなかった。

コートニー子爵家の父娘を見送ったあと、自室で寄宿舎に戻る準備をしていると、エレノアが乗り込んできた。

「マリー嬢へのあの態度は何なのかしら、ユベール」

睨みつけられ、ユベールは目を逸らした。

褒められた振る舞いではなかったことは自覚していた。

「私は義理の娘にするなら、どうしてもあの子が良いの。次もあんな態度を取るようなら、承知しないわよ」

(俺はあなたの所有物じゃない)

ユベールは心の中で悪態をついた。

エレノアは実に厄介で、ユベールは気が付いたら、月に一度学校から戻り、マリーと交流するように義務付けられていた。

(母上め……)

ユベールは心の中で母を恨んだ。

学校の外出許可を取るのは面倒なのだ。また当時のユベールは、飛び級をしたばかりで授業についていくのが大変な時期でもあった。

一回目の交流会のためにしぶしぶ領地に戻ってくると、マリーの方が先に到着していて、ユベールの自室で待機していた。

「お帰りなさいませ、ユベール様。私がここにいるのは非常に不本意でしょうが、私も不本意なので、どうかご容赦ください」

マリーは暇つぶしに持参していたらしい本を机の上に置き、立ち上がると淑女の礼を取った。

ユベールは舌打ちをすると、彼女がいるソファではなく、壁際のライティングデスクへと向かった。

「……母上がうるさいから、外では婚約者らしく振る舞うように努力する。でも二人きりの時は別だ。申し訳ないが、今、俺は大量の課題を抱えているのでお前の相手はできない」

「……かしこまりました。では本の続きを読ませていただきます」

「ああ。飲み物が欲しければ、そこの戸棚に茶器のセットや茶葉があるから、勝手に使っていい」

ユベールはそう告げると、持参した荷物の中から課題を引っ張り出した。

同じ部屋で過ごして一時間ほどが経過した時だろうか。紅茶の香りが漂ってきたので課題から顔を上げた。

すると、至近距離にマリーが立っていて、デスクの上にカップを置いた。

「一人分も二人分も手間は同じなのでお淹れしましたが、ご迷惑でしたか？」

「……いや、ありがとう」

礼を言うと、マリーは踵《きびす》を返し、ソファへと戻った。

いったい何を考えているのか、その顔には何の表情も浮かんでいなかったから読み取れない。彼女は無表情のまま持参した本を手に取ると、再び読書を始めた。

マリーにはお茶を淹れる才能があるようだ。

淹れてもらったお茶は、ユベール付きの従者や自分で淹れるよりもずっと風味が強くて美味しかったが、それだけに少し複雑だった。

マリーとの月に一度の交流は、ユベールにとって、案外悪いものではなかった。

彼女は毎回本やら裁縫道具やら、一人で時間を潰すためのものを持参していたし、合間に淹れてくれるお茶は美味しい。

(マリーの魔力のせいかもな……)

お茶を淹れる時に使うのは、通常は浄化された井戸水だが、水属性持ちのマリーは魔法で簡単に水を生成できる。

魔法で生成された水は術者の魔力を帯びるので、味や成分が多少変わると聞いたことがある。

◆　◆　◆

ユベールの中で、マリーの存在が大きく変わったのは、出会ってから八か月後、ラトウィッジ侯爵領で行われた、春の討伐の時だった。

この時ばかりは規律に厳しいロイヤル・カレッジも、休暇の申請を簡単に認めてくれる。

魔法は、『マナ』と呼ばれる不可視の物質を根源としている。

人間の体内にはこのマナを蓄積し、魔力へと変換する魔力器官という臓器があって、その臓器の性能は魔法の才能と言い換えることができる。

マナは大気中を風に乗って循環しているが、世界にはこのマナの循環が滞って『マナ溜まり』ができやすい土地が存在する。ラトウィッジ侯爵領の北側に位置する『魔の森』もその一つだ。

「マナ溜まり」は、森に生きる生命を魔物に変える。

獣が変異したものを魔獣、虫が変異したものを魔蟲《まちゅう》、植物が変異したものを魔木《まぼく》というが、魔の森に発生したそれらの駆除は、侯爵家に生まれた者の使命だった。

元々、ラトウィッジ侯爵家は武の家柄だ。だからこそ、初代国王にこの地を領地として与えられた。

国境を守護する二つの侯爵家のうちの片割れであり、特別に私兵の所有が認められている。

ラトウィッジ自警団と称する私兵団を率い、父と一緒に討伐のために国境近くに置いた基地に赴いたユベールは、そこでマリーの姿を見かけて目を見開いた。

彼女は医療担当者であることを示す白の衣装を身に着けていた。

「何でマリーがここに……」

「お前の婚約者だからに決まってるでしょう。嫁いだあとに戸惑わないように、お手伝いをお願いしたのよ」

ユベールの疑問に答えたのは、いつの間にか背後にいたエレノアだった。母も同じく白衣姿である。

「そういうことです。今日はエレノア様について勉強をさせていただきます」

マリーはいつも通り、淡々と告げた。

「……わざわざありがとう。怪我をしないように気を付けてくれ」

エレノアの目の前だったので、ユベールは無難な言葉をかけた。

◆　◆　◆

ユベールと別れたマリーは、自分の持ち場である救護用天幕の中で、ひそかに腹を立てていた。

(何なのよ、あの態度……)

二人きりの時と違ったのは、エレノアがいたからに違いない。

あらかじめ「外では婚約者らしく振る舞う」と宣言されてはいたが、実際に普段と違う態度を目にすると猛烈に腹が立つ。

(ユベール様は釣り合わないなんて言ってたけど、ご自分がそんなに優良物件ではないことに気付くべきだわ)

ラトウィッジ侯爵夫人という立場は、マリーに言わせると、そこまで素晴らしいものではなかった。

国境の守り手として、国内では王族に次ぐ高い地位に権力と財力を備えているが、その分重い責任も負っている。

魔の森への年二回の討伐が、その最たるものだ。

私兵所有の特権を認められている特別な侯爵家だが、そのせいで、侯爵夫人は通常の貴族の夫人以上の職務を担っている。

自警団との付き合い、家族会や殉職者遺族への対応、それに加え、討伐の手伝いにも駆り出される。

治癒魔法の使い手として手を貸してほしいとエレノアから連絡があった時は、何の罰ゲームかと思った。

侯爵家からは軽傷者を中心に回すようにするとは言われたものの、魔力の少ないマリーは嫌な予感を覚えた。恐らく魔力回復薬を飲みながらの治療になる。

ラトウィッジ侯爵家の影響力を考えると、断るという選択肢はなく、嫌々ながらマリーはここに来たのだった。

ユベールなんて、マリーにとってはむしろ貧乏くじだった。

コートニー子爵家の財力を背景に、どこかの裕福な商家か同格の貴族にでも嫁ぐ方が気楽に暮らせるに違いない。

はあ、とため息をつきながら、マリーは自分に与えられた仕切り席の中で、薬品や包帯などの物資の配置を確認した。

女学校時代、治癒魔法の実習はあったが、骨折や腰痛、膝の痛みなどを訴える市民の治療だった。それも、医師の推薦状を持っている人しか診ないことになっていたから、患者の層が良く、とても平和的だった。

討伐の治療となると、どんな状態の怪我人が運び込まれて来るかわからないから怖い。

重傷者が運び込まれてきた時、上手く治療できるだろうか。

「マリーちゃん、ちょっといいかしら」

不安に青ざめていたら、エレノアがやって来た。

「エレノア様、どうかなさいましたか？」

「改めてお礼を伝えようと思って。今日はこちらに来てくれてありがとう。本当に助かるわ」

にこにこ微笑みながらそう告げるエレノアは、今日も妖精のように可愛らしかった。

しかしふわふわとした印象に反して、エレノアは社交界でかなりの影響力を持っている。

そのエレノアに、馬鹿正直に「本当は来たくなかった」とは言えなくて、マリーは笑顔を作った。

「マリーちゃん、ユベールとはあまり上手くいっているとは言えないでしょう？　それが申し訳なくて」

「いえ……あの、良好……とは言えませんが、尊重はしていただいていると思います」

嘘ではないが、何故自分はユベールを擁護するようなことを口走っているのだろう。マリーは自分で自分の発言に首を傾げた。

ユベールとエレノアは、顔立ちこそそっくりだが、身に纏《まと》っている雰囲気は随分と違った。

ユベールが硬質で尖った印象なのに対して、エレノアはおっとりしている。

そんな彼女を前にすると、純粋にこの人を悲しませたくないと思ってしまうから、得な雰囲気の持ち主である。

エレノアは困ったように眉を寄せた。

「そんな風にマリーちゃんから見えているんだったらいいんだけど……。あの子も思春期だから、少し難しい年頃なのよ。もしあの子がマリーちゃんにあまりにも酷いことをするようなら、すぐに言ってちょうだいね。私から叱ってあげるから」

「はい」

果たしてそんな告げ口のような真似が、自分にできるだろうか。

また、ユベールはエレノアにとって可愛い実の息子である。酷い態度を言い付けたところで、どこまで対応してくれるかなんてわからない。身内のこういう発言は全面的に信じてはいけない。

マリーは曖昧に微笑むとエレノアに頷いた。

◆　◆　◆

この春の討伐は、ユベールにとって特別だった。

これまでのように、父や従兄に付いて回るのではなく、自分で一班を率いて森に入ることになったからだ。一人前と認められたようで嬉しかった。

「ユベール様、今回は婚約者のお嬢様もいらっしゃってるんですよね？」

行軍中に話しかけてきたのは、自警団の団長を務めるオスカーだ。

団員は、士官学校からのスカウトや領内の有志で構成されるが、比較的魔力の高い者には侯爵家が支援して魔法を習得させている。

このオスカーもその一人で、身体強化魔法を修めた大剣使いの兵士だった。男としては羨ましくなるくらい恵まれた体躯の大男である。

「俺、見ましたよ。つり目が猫っぽくて可愛い子でした」

「俺も見ました！　今年は怪我したらマリー様に治療してもらいたいです！」

「奥様達より若いお嬢様の方がいいもんな」

「うるさい、お前ら」

騒ぎ始めた団員達をユベールは一睨みで黙らせた。

「ユベール様、もしかして嫉妬ですか？」

団員がすかさずからかってくる。

「違う。純粋に不愉快だ」

この不快感は、身内の女性の年齢を揶揄するような発言に対するものであって、マリーを特別視しているからでは断じてない。

マリーのことはやはり気に入らない。

二人で過ごしても一切こちらに干渉せず、一人の世界に入ってしまう女である。こちらに興味を示さない人間と、結婚後も上手くやっていけるとは思えない。

きっと、義務だけを果たす仮面夫婦になるだろう。

「母や婚約者を引き合いに出されたら、普通に気分が悪くなる。それにマリーは魔力があまり多くないんだ。念のために来てもらっただけだから勘違いするな」

「申し訳ありませんでした」

「ユベール様が寛容だから図に乗っていました」

「俺もすいません……」

団員達は次々に頭を下げた。

その直後だった。探知魔法を得意とする、リュカという弓兵の青年がピクリと反応した。

「ユベール様、二時の方向に何かいます」

さっと団員達に緊張が走った。

「魔蟲かなぁ。握り拳サイズくらいのが三十体くらい群れてますね」

「魔蟲かぁ……。生理的に苦手なんだよな」

「三十は面倒だな」

「ユベール様がいるんだから楽勝だろ。お願いしていいですか？」

「ああ。距離はどれくらいだ？」

ユベールは頷いた。

「百メルトってところでしょうか」

メルトは初代国王の腕の長さを基準とした単位である。

「周囲に他に何かいるか？」

「いや、俺の索敵《さくてき》範囲にはいませんね」

「わかった。全員ここで待機、リュカだけ悪いが来てくれ。三十メルトまで近付いたら魔法で吹き飛ばすから教えてもらえるか？」

「はい」

ユベールは探知役のリュカだけを伴い、魔蟲と思われる魔物の元へと向かった。

魔の森は、針葉樹を中心とした木々で構成された鬱蒼とした森で、昼間でも薄暗く、いかにも何かが出そうな雰囲気があった。

「ユベール様、そろそろです」

「わかった」

リュカの合図にユベールは立ち止まると、広範囲攻撃魔法の発動準備をした。

群れをなす魔物は面倒だ。馬鹿正直に正面から行くより、遠距離から一掃する方がいい。

準備するのは雷の魔法だ。

ラトウィッジ侯爵家は、雷属性が現れやすい家系である。ユベールもシャールと同じで、雷魔法の使い手だった。

体内の魔力を練り上げ、魔力回路から放出する。

すると、ユベールの両手に、バチバチという音と共に雷の魔力で作られた弓矢が出現した。

魔法に大切なのはイメージだ。ユベールの場合、雷撃の魔法を使う時は、単に手のひらや指先から放出するよりも、弓矢の形をイメージした方が照準を合わせやすい。

ユベールはリュカが示した方向に照準を合わせ、雷の矢を解き放った。

射出と同時に周囲にバチバチと火花が散った。

辺りに煙ときな臭い匂いが立ち込める。

ややあって煙が晴れると、ユベールの進行方向から二十メルトほどの範囲の木々がなぎ倒され、黒焦げになり、プスプスと音を立てながら炎と煙を立てていた。

そして、手前にキラキラと輝く魔石が落ちているのが見えた。

魔物は死ぬとマナの結晶である魔石を残す。

それは、魔道具の動力源となるため、ラトウィッジ侯爵領の貴重な収入源となっていた。

魔の森のほど近くにある村には、一攫千金を狙うハンターギルドがあるが、そこを統括するのも侯爵家の役目である。

「いつ見ても貴族の方々の魔法は反則ですねぇ」

リュカがつぶやいた。

「火を消さないと魔石が回収できないな」

ユベールは体内から魔力を放出すると、その魔力で水の魔法陣を描き、黒焦げになった一帯を覆うように展開、発動させた。

すると、さあっと水が雨のように降り注いだ。

途端に目の前がくらりとする。自分が持つ属性外の魔法を使うと魔力を消耗するのだ。

「ユベール様、大丈夫ですか？」

リュカが目眩《めまい》に気付いた。

「少し魔力を使い過ぎただけだ」

ユベールは答えながら、腰のベルトに固定した物入れから魔力回復薬を取り出して、一気にあおる。

（マリーと結婚する利点はあったな……）

婚姻契約を結ぶと、相手の魔力属性を副属性として得られる。彼女は使い勝手が良く、雷と相性の良い水属性の持ち主だ。

たとえば、水の霧を展開させてそこに雷撃を放てば、簡単に広範囲を攻撃できる。そのため、ラトウィッジ侯爵家では水属性の女性を妻として迎えることが多かった。シャールが火属性のエレノアを見初めた時は、一悶着あったようだ。

マリーの属性が水と知った時、エレノアは運命だと大はしゃぎだった。

その時の母の顔を思い出して、ユベールは顔をしかめた。

◆　◆　◆

ユベールの班は、森の比較的浅い部分の探索と討伐を任されていた。

自警団の団長のオスカーと、優れた探知魔法の使い手であるリュカが同じ班に編成されたのは、父の配慮だろう。

シャールは叔父や従兄と一緒に大物を狙って森の最深部に向かっている。

ユベールは早くそちらに参加できるようになりたかった。


正午を少し過ぎた頃、ユベールは団員達を引き連れて、一旦森の外にある基地へと帰還した。

休息と軽めの食事を摂ったあと、再度森に入るつもりだった。

「ユベール様」

団員達と炊き出しの食事を摂ろうとしていたところに、トレイを手にしたマリーがやって来た。

オスカーに冷やかすような口笛を吹かれ、ユベールは苛立ちを覚えた。

「エレノア様から、昼食はユベール様と一緒に摂るようにと言われました」

「良かったですね、ユベール様」

冷やかすような声を上げた団員を、ユベールはぎろりと睨みつけた。

「マリー、向こうに行くぞ」

団員達の好奇の目の中で食べるより、マリーと二人きりの方がまだましだ。

ユベールは自分の分の食事を手にすると、マリーに付いてくるように促し、団員達を睨んでから人気のない場所を探した。

手頃な日陰を見つけ、ユベールはマリーと並んで座った。服の汚れは浄化で落とせるから気にしなくてもいいだろう。

しかし、仲が良いとは言えない間柄だ。気まずさにユベールは心の中でため息をついた。

「……ちゃんとやれているか？」

食事をあらかた胃に収めてから、ユベールは沈黙に耐えかねてマリーに尋ねた。

「薬を飲みながら、どうにか」

マリーの返事にユベールは眉をひそめる。

「そんなに怪我人が多いのか？」

「いえ、私の魔力が足りないからです。それと効率も悪いんです。治癒魔法を使うのは久々ですし、経験が足りないので、加減が上手くできなくて……」

相変わらず、マリーの横顔は表情が読みづらかった。

その顔が不意にこちらを向いた。

全てを見透かすようなヘイゼルグリーンの瞳に見つめられ、ユベールは内心、身を引いた。

「ユベール様も、頬を怪我をされていますね」

「……少し木の枝に引っ掛けただけだ。大した傷じゃない」

「治してさしあげますよ。傷跡が残ってはいけませんから」

マリーはユベールの右頬に手を伸ばしてきた。

冷え性なのだろうか。その指先はひんやりしていた。

「魔力を流しますね」

「……ああ」

血の近い縁者以外の魔力を体内に流されると、酷い違和感を覚えるものだ。ユベールは身構えた。

マリーの指先から魔力が溢れ出した。

「……っ!!」

ユベールは、マリーの手をはたき落とした。

「……すまない。あまりに不快感が強くて」

慌てて取り繕ったが、マリーは驚いた表情のまま固まっていた。

「申し訳ありません。気を付けたつもりだったんですが、魔力を強く流し過ぎたのかも……」

マリーは悲しげに目を伏せた。

「いや……、こちらも過剰に反応して悪かった。治してくれたのは感謝している」

ユベールは早口でまくしたてると、空の皿が載ったトレイを手に立ち上がった。

そして、そのまま逃げるように食器の返却口へと向かった。


(何なんだ、あいつの魔力……)

天幕から離れて一人になれる場所に移動すると、ユベールはマリーの魔力を流された右頬に手をやった。

他人に魔力を流されると、普通は肌の下を虫が這いずり回るような不快感がある。

そのはずなのに――

とても気持ち良かった。

痺れるような甘い感覚がまだ頬に残っている。更に、体全体が敏感になって……

(くそっ)

ユベールは必死に、自分に鎮まるように言い聞かせた。

今日のユベールは自警団の制服だ。魔力を吸収し、鎖帷子にも等しい強度が得られる特殊な繊維でできている。

差し障りのある部分は隠れる構造になっているので、マリーには気付かれていないはずだ。

——相性の良い男女同士だと、魔力を流した際、とんでもない性的快感を得られると聞いたことがある。

(まさか、マリーが……)

そこに思い至り、ユベールは青ざめた。

◆ ◆ ◆

ユベールは、寝台の上に、薄いナイトウェア一枚で横たわるマリーに覆い被さると、その頬に触れて魔力を流した。

マリーから流された魔力が気持ち良かったということは、言い換えると、ユベールからマリーに魔力を流せば彼女も性的快感を得るはずである。

いつも無表情に見返してくる大きなつり目がちの瞳が、その途端、とろりと溶ける。

涙で濡れたように潤んで、赤い花弁のような唇から切なげな息が漏れた。

「ユベール様……」

甘い声がユベールの名を呼ぶ。

普段取り澄ましたマリーのそんな姿は、暴力的に愛らしかった。

いつもは複雑な形に編み込まれている髪が解《ほど》けて、寝台の上に広がっている。

艶のある茶色の髪を一束手に取ると、ユベールは口付けた。

魔道具による淡い間接照明の中、血管が透けるほどに白い肌がなまめかしい。

マリーの唇はうっすらと開き、赤い舌が誘うように覗いていた。

ユベールは無意識のうちに引き寄せられ、彼女の唇に――


「――――!!」

ユベールは大きく目を見開いた。

一気に現実に引き戻され、半身を起こすと頭を抑えてうつむく。

ここは、ラトウィッジ侯爵家の領地屋敷の中の自分の寝室だ。

周囲にマリーの姿はない。当然だ。五日間の日程で行われる春の討伐は、昨日無事に終わり、彼女は王都に帰った。

ユベールも明日にはロイヤル・カレッジに戻る予定である。

つまり、自分は淫らな夢を見ていたのだ。それに気付き、ユベールはベッドに突っ伏した。

次の交流会の時、自分はいったいどんな顔をすればいいのだろう。

淫らな夢を見たせいで、毛布の下では自分のものが反応している。朝はそうなっていることが多いが、それとは明らかに性質が違う。

ユベールは目を閉じると、気持ちを鎮めるために、溜まっている課題を思い浮かべた。


憂鬱な気分のまま身支度をし、自室から食堂に向かうと、いい笑顔のエレノアに捕まった。

「ユベール、討伐の時、マリーちゃんと何かあった？」

エレノアは笑いながら怒っている。どす黒い圧力を目の前から感じ、ユベールは顔をしかめた。

「いつも以上によそよそしかったわ。思い返せば初日に落ち込んだ顔でお昼から戻ってきたのよ。聞いても教えてくれなかったんだけど、あなた、何かやらかしたんじゃないの？」

「何もありません。邪推はやめてください」

「嘘おっしゃい。何かあったに決まってるわ。白状しなさい」

「治癒魔法をかけてもらったんですが、その時に少し……」

「少し？」

エレノアは器用に片眉を上げた。

「不快感があまりにも強くて、反射的に彼女の手を叩いてしまいました」

「この馬鹿！」

強い口調で罵倒された。

「ちょっと、いえ、マリーちゃんは結構魔力制御が下手よ……。でも、そこは気合で耐えなさい！」

（そこは認めるんだな）

ユベールは思わず心の中で突っ込んだ。

そう言えば、初日は「マリーに治してもらう」とウキウキしていた団員達も同じようなことを言っていた気がする。

「マリー様ってちょっと下手でキツイよな……」

「そうだな、可愛いんだけどな……。年増でも奥様の方がいいな……」

失礼な奴らだと思い、適当に聞き流していたが、マリーは母から見ても、あまり魔法が上手くないらしい。

親族以外から受ける治癒魔法は、使い手の技量によって受ける者の負担が変わってくる。下手な術者に当たった場合、かなり辛い思いをする。

「……マリーにはその場ですぐに謝罪はしております」

「当たり前よ！　私からも謝っておくわ。これでマリーちゃんに逃げられたら一生恨んでやる……」

ユベールをぎろりと睨みつけると、エレノアは踵《きびす》を返し、怒りをあらわにしながら去って行った。

◆　◆　◆

時間の流れは止まってはくれない。

気が付いたら、もう次の交流会だった。

ユベールは嫌々外出許可を取り、領地へ戻った。

あんなに淫らな夢を何度も見て、どんな顔をしてマリーに会えばいいのかわからない。

更に悪いことに、今回はエレノアの命令で領都を案内することになっていた。

「討伐の時の失礼な行動のお詫びとして、街で何か贈り物でもしなさい。よく考えたらあなた、何一つマリーちゃんに贈ったことがないんじゃないの……？」

言われてみればその通りだったので、ユベールは素直に従った。「外では婚約者らしく振る舞う」と自分から言った手前、それらしいことはするべきだと思ったのである。

今日は、ゲートで待ち合わせだ。領都に出るならその方が効率的だからである。

約束の時間より十分ほど早く到着したが、既にマリーはゲートの受付に設置されたソファに座ってユベールを待っていた。

（そういえば、いつも約束の時間に遅れたことがないな……）

読書をしながら座っているマリーは、それだけなのに凛としていた。

姿勢が良く、上品かつ清楚な印象のドレスを身に纏《まと》っているからだろうか。

マリーは趣味がいい。姿勢も物腰も、貴族令嬢としての及第点に達している。

（……育ちや血統を考えれば当然か）

今更ながらにユベールは気付いた。

コートニー子爵家を興したマリーの曾祖父は成り上がり者だが、祖母と母は伯爵家の出身だ。

特にマリーの母ベアトリスは、ラトウィッジ侯爵家と同じく、建国以来の名家・ドリンコート伯爵家の令嬢である。成金子爵のルカリオと大恋愛の末に結ばれたのを、エレノアは悔しがってよく愚痴っていた。家格や立場に差ができてしまい、会う機会が激減したことが気に入らなかったのだ。

これまでの交流会でのマリーの態度が脳裏をよぎる。

自分に無関心なのは腹立たしかったが、彼女と過ごす時間の居心地は悪くなかった。

母との関係も良好で、討伐の時も、とても献身的に尽くしてくれたと聞いている。

そこに自分との魔力の相性が加わったら――

「……到着されていたのなら、声をかけてください」

マリーに声をかけられ、ユベールは現実に引き戻された。

そして、立ち上がったマリーの顔が、思ったより至近距離にあったので、ユベールは驚いて身を引いた。

「……どうかなさいましたか？」

「お前の目が大き過ぎて！」

「…………」

マリーから剣呑な気配が漂ってきた。どうやら自分は、何かまずい失言をしたらしい。

「この目は生まれつきです。お気に召さないのならご覧にならないでください」

ぷい、とそっぽを向かれ、ユベールの心はズキリと痛んだ。

何故、自分が彼女の機嫌を損ねてしまったのか理解できず、ユベールは首を傾げながらも慌てて取り繕った。

「思ったより至近距離にいたから驚いたんだ。お前も淑女なら、異性との距離には気を付けた方がいい」

「不快感を与えたようで、どうも申し訳ございませんでした」

まだマリーは顔をユベールから背けたままだ。そんな彼女に、どう声をかければいいのかわからない。

「……行くぞ」

困り果てたユベールは、とりあえず今日の義務をこなすことにした。

「どちらに行くのですか」

「とりあえず大通りに」

領都の中心街には、ドレスやら宝飾品やら、女性が好みそうな物を販売している店が立ち並んでいる。そこに連れて行き、好きな物を選ばせてやれば、少しは機嫌が直るかもしれない。

(……どうせなら、母上が連れて行けばいいものを)

エレノアはマリーを溺愛しており、普段からちょっとした小物や装飾品を新調して彼女に貢いでいる。その頻度は明らかに実の子供であるユベールより多かった。正直どちらへの愛情が深いのかわからない状態である。

マリーにしても、女の装身具に疎い自分と行くよりも、エレノアとの方が楽しいに違いない。

そう思うと、ちくりと心が痛んだ。


街に出てもマリーの機嫌は戻らなかった。

ユベールと一緒なのが相当嫌なようで、ずっと沈んだ顔をしている。

「不本意だったのか？」

「はい。正直に申し上げると、出歩くよりも、ユベール様の部屋で過ごす方がいいです」

「そうだろうな。部屋ならお互いに好きなことをして過ごせる」

「なら、どうして街歩きに誘ったんですか？」

ユベールは言葉に詰まった。母の命令だと白状したら、余計に軽蔑される気がした。

「……想像はつきます。エレノア様ですよね？」

「……そうだ。討伐の時の振る舞いを詫びろと言われた。本当に申し訳ないと思っている」

「頬の傷を治療した時のことですか？」

「そうだ」

「あの件は私もいけなかったので謝罪は結構です。次の討伐までには、もう少し魔力の制御が上手くできるように練習しておきます」

「そうしてもらえると助かる」

「……はい」

わずかな間があったのは、何かこちらに含むところがあるからなのだろうか。

既にマリーとの関係は拗《こじ》れきっているので、ユベールはどうしたらいいかわからなかった。

「母からは、詫びの印に何か贈れと言われている。俺からのプレゼントなど不快なだけだと思うが、何か選んでほしい。母の手前、手ぶらでは戻れない」

「そうでしょうね、わかりました」

マリーは承諾すると、大通りに立ち並ぶ店をキョロキョロと見回した。

そして、指さした。

「あそこにします。水晶硝子ならラトウィッジ侯爵領の特産物ですし、お値段も手頃なので無難だと思います」

水晶硝子は、その名の通り、水晶に近い透明度を持つ硝子をさす言葉だ。

最高品質のものは宝石並みに値が張るので、こういう場面での贈り物にしても不自然ではない。

店に入ると、マリーはすぐに一つの商品に目を止めた。

「これにします」

「早いな」

「これ、うちの猫の目と同じ色なんです」

マリーが手に取ったのは、ヘイゼルグリーンの水晶硝子でできた髪飾りだった。

ユベールには、マリーの瞳と同色に見えた。

「最近飼い始めたのか？」

コートニー子爵邸には何度か行ったことがあるが、番犬と馬以外の動物を見たことがない。

「いえ、ずっと前からいますが、ミュウはよその人が嫌いなんです。ユベール様に限らず、来客があると物陰に隠れて出て来なくなります」

「人見知りするんだな」

「そうですね。お客様がお帰りになるまでずっと警戒しているので、損な性格だなと思います」

猫について語るマリーの顔は、これまでに見たことがないくらい穏やかだった。

「……そうだ。私、お花が好きなんです。もし、エレノア様から何か言われて、次に何かを贈ってくださる時は、お花にしていただけませんか？　エレノア様にもお話ししておきますね」

支払いを終えるとマリーはそう宣言してきた。

ユベールは、人の気持ちを察するのが得意ではなかったが、何となく彼女の本音はわかった。

(俺から形に残るものを渡されたくないんだな)

関係が拗《こじ》れているから仕方ないが、不愉快だった。

◆　◆　◆

マリーへの感情に動きがあったのは、同じ年の秋の討伐の時である。

一年の飛び級をしたユベールは、討伐の二か月前にロイヤル・カレッジを卒業し、領地へと戻っていた。

帰ってきてからのユベールは、父にあちこちに連れ回されて、多忙な日々を送っていた。

シャールはさっさと爵位をユベールに押し付けて、エレノアと田舎に引きこもりたいのである。

そのため、ユベールへの後継者教育はかなり厳しかった。

秋の討伐では、春と同じ班を率いることになった。

しかし今回は、森のもう少し深部に潜る。丸一日森の中で過ごし、前回のように途中で基地には戻らない予定だった。

森に潜っていたユベールは、唐突に伸びてきて、団員の足に絡み付いた魔木の蔓《つる》を、雷を纏《まと》わせた剣で一刀の元に斬り捨てた。

一旦引いたかに見えた魔木の蔓《つる》は、ユベールに牙を剥《む》いて襲い掛かってきた。ユベールの腕に触手のように巻きつき、締め上げようとしてくる。

「ユベール様！」

「大丈夫だ」

ユベールは腕に絡み付いた蔓《つる》に純粋な魔力の塊を流し込んだ。それが雷撃となって魔木を襲う。

周囲の木々にも電撃が伝わって、プスプスと黒焦げになった。

蔓性《つる》植物が変異した魔木は、この辺り一帯の木々に寄生し、獲物が来るのを今か今かと待ち構えていたらしい。

「ユベール様、探知できなくて申し訳ありません」

謝罪してきたリュカに向かってユベールは首を振った。

「魔木が見つけづらいのは知っている。気にしなくていい」

魔蟲や魔獣と違って魔木は動くことが少ない。食虫植物のように網を張って、じっと獲物を待つ性質があるのだ。

「そろそろいい時間ですし戻りますか？　今回も来てましたよね、婚約者のお嬢様」

からかい混じりの視線を向けてきた団員を、ユベールはぎろりと睨みつけた。


日が傾きかけてきた頃、ユベールは魔の森から帰還した。

討伐の基地は、魔の森のほど近くに設けられており、普段から自警団の団員が駐屯して監視を行っている。

春と秋の討伐の時には、普段は訓練をするのに使っている基地内の広場に天幕を張り、エレノアやマリーがいる救護所や炊き出しのための臨時の炊事場が設けられていた。

「ユベール様、どうぞどうぞ救護所へ。奥様に言われてるんですよね。戻ったらマリー様のところへ行かせろって」

にやにやと笑っているオスカーに追い出され、ユベールは救護所に行く羽目になった。

救護所には、エレノアやマリー以外にも、シャールの補佐を務める父方の叔父の妻や応援に来た親戚など、治癒魔法の心得のある女性達が詰めている。

中に入ると、マリーは怪我人の治療中だった。

「大丈夫でしたか？　魔力は強過ぎませんでしたか？」

「はいっ！　もう大丈夫です！」

デレデレする団員に向かって、彼女はにっこりと微笑んでいた。

その姿を見た瞬間、どす黒い怒りが腹の底から湧き上がった。

あんな顔を、マリーは自分に向けたことがない。嫌われているから当然だが、それが無性に腹立たしく、許せなかった。

団員にも腹が立った。春の討伐の時は、マリーの治癒魔法の技術が低いと文句を言っていたくせに、今はあんなにだらしない顔をして。

「……ユベール様？」

マリーがこちらに気付いた。その瞬間笑みが消え、いつもの無表情に戻る。

「炊き出しの食事ができたから呼びに来た」

「そうですか、わざわざありがとうございます」

「あの、俺はもう行きますね。マリー様、ありがとうございました」

ユベールとマリーのピリピリとした雰囲気を察知したのか、治療が終わった団員はそそくさと去って行った。

それを見送りながら、マリーはため息をついた。

「ここに来るようにと指示をされたのはエレノア様ですか？」

「ああ」

「そうですか」

マリーは再び小さく息をつくと立ち上がった。

その時にユベールは気付いた。彼女の無表情は、諦めや怒りなど、負の感情を表に出さないための仮面なのだと。

そして、胸が甘く疼《うず》いた。こんな表情しか見せてもらえないことが苦しい。

本当は笑いかけてほしい。怪我人にそうしていたように。

（そうか、俺は——マリーのことが好きなんだな……）

ここまでの自分の心の動きを分析し、ようやくユベールは彼女に対する感情の正体に気付いた。

同時に途方に暮れた。

既に自分はマリーに嫌われてしまっている。ここからどう関係を修復すればいいのかわからない。

何も行動を起こさなくても、いずれ結婚はできるはずだ。つまり、彼女の体は自分のものになる。

（でも、心は……）

永遠に手に入らないような気がして、ユベールはマリーから目を逸らした。

◆　◆　◆

その日からずっと、ユベールは苦しみ続けていた。

どうすればマリーに笑いかけてもらえるだろう。その方法が難解過ぎてわからない。

自分の発言や行動は、ことごとくマリーを傷つけてしまっているので、混乱は深まるばかりだった。


この頃には、ユベールはマリーが妻として有能な女性であることに気付いていた。

物静かでおとなしく辛抱強い。嫌いなはずのユベールを、婚約者としてしっかり立ててくれる。

治癒魔法にしても、初めて参加した春の討伐で怪我人を苦しめたのが堪《こた》えたのか、秋の討伐では飛躍的に魔力制御が上達していた。どうやら、この半年、病院に奉仕活動に赴いて経験を積んだらしい。

そんな姿のせいで、両親や自警団の団員からの評価は急上昇だった。ユベールの中の恋愛感情も、加速度的に増していった。

ユベールは自分と婚約したせいで、先延ばしになっていたマリーの社交界デビューの夜会の時にも彼女の不興を買った。

白と決まっているデビュタントのドレスを身に纏《まと》ったマリーがあまりにも美しくて、何も言えないでいたら深いため息をつかれた。

「こういう日は嘘でも褒めるものではありませんか？」

「……それなりに見える」

「綺麗だ」とはどうしても言えなかった。口に出した瞬間、陳腐な言葉になる気がして。

「それなり……」

「強《し》いて言えば背中が開き過ぎている。あちらの女性のドレスの方がいい。髪型も全て上げてしまうよりも、あの女性のように垂らした方がいいと思う」

ユベールは肌の露出が控えめで、背中を覆うような髪型の女性を指さした。

「さようでございますか」

真顔になったマリーに、ユベールはまた自分が彼女に不愉快な思いをさせたことを悟った。


この日の失敗が原因で、ユベールはマリーの父・ルカリオから呼び出された。

元は商家であるコートニー子爵は、領地を持たない宮廷貴族で、商会の本拠地がある王都で生活している。呼び出されたのはその王都にある邸宅だ。

応接室に通されたユベールを迎えたルカリオは、全身から怒気を発していた。

「どうして呼び出されたのかはわかっているよね？　ユベール君」

一見するとふっくらして穏やかそうに見えるルカリオだが、アライン王国全体でも一、二を争う規模の商会の経営者だけあって、一筋縄でいく人物ではない。

ユベールは怒り狂うエレノアを前にした時のような緊張感を覚えた。

「マリーのデビュタントのドレスにケチを付けたんだって？　そんなにあの子が気に入らないのなら、是非ともこの婚約のお話は白紙に戻してもらいたいんだけどな」

「ケチを付けたつもりは……。あれは上手く伝えられなくて……。それに、婚約の解消はできません。母がマリー嬢を非常に気に入っていますから」

ルカリオは深いため息をついた。

「エレノア様ね、あの人は実に厄介だ。味方になってくださったら頼もしいけど、あの方に睨まれると、商売がやりにくくなるからね……」

エレノアはこのアライン王国に二つしかない侯爵家のもう片割れの出身であり、王族の血も引いている。この国の貴族社会に大きな影響力を持つ権力者だった。

「マリーには可哀想だけど、商会を潰す訳にはいかないからね。君との関係が義務的なものになろうが、エレノア様が望んでいる以上、マリーは君と結婚させるしかない。そしてあの方はマリーを可愛がってくれるだろうから、夫婦関係に目を瞑《つむ》れば、かなり良い暮らしができるのではないかとも思う。だけどね、それと私の感情はまた別なんだよ。わかるよね？」

ルカリオはユベールに圧をかけてきた。

「本人が目の前にいると、どうしても上手く言葉が伝えられないんです。それだけで……決してマリー嬢に不満がある訳ではありません。初対面の時に良い感情を抱いていなかったのは認めますが」

「……もしかして、君、マリーのことが結構好きだったりするの？」

直接的に尋ねられ、ユベールはぐっと言葉に詰まった。

すると、ルカリオは再びため息をついた。

「君は反抗期の子供なのかね？」

まったくもってルカリオの言う通りだった。何も反論できず、思わず黙り込む。

こちらを見つめるルカリオの視線は当然厳しく、ユベールはいたたまれない気持ちになった。

「……今日は君の気持ちがわかっただけでよしとすることにするよ。でも、わかるよね？　今後もマリーへの目に余る態度が続くようなら、こちらにも考えがあるよ？」

「はい……」

ひたすら小さくなり続けることで、ユベールはルカリオによる説教部屋を切り抜けたのだった。

◆◆◆

揃って社交界へのデビューを終えたユベールとマリーは、未来のラトウィッジ侯爵夫妻として、シャールとエレノアに連れ回されることになった。

マリーを妬んで陰口を叩く者はいたが、エレノアという強い後ろ盾があるせいで、幸い、面と向かって喧嘩を売りに来るような者はいなかった。

もっともこの頃になると、ユベールはマリーが芯の強い女性であることに気付いていたので、あまり心配はしなかった。

しかし、マリーと夜会に出掛けるのは苦痛だった。

コートニー子爵家の潤沢な資産を背景に、マリーは年々磨きこまれていく。

身に纏《まと》うドレスもアクセサリーも最高級品だ。侍女の腕が無駄に良いせいで、髪型も化粧も、マリーの魅力を最大限に引き出すように施してある。

その彼女を他の男の目に晒したくない。

特に今年の夏になって流行し始めた夜会用のドレスは、胸元が大きく開いており、目のやり場に困るのだ。彼女とは身長差があるから、向かい合うと谷間が視界に入ってくる。

華奢に見えるマリーだが、意外に胸が豊かで、エスコート中に谷間がちらちら見えるのも、ユベールにとって苦しかった。


マリーとの婚前交渉の話が持ち上がったのは、そんな日々を過ごしていた時のことだった。

その日、シャールの執務室に呼び出されたユベールに告げられたのは、魔の森で強いマナの乱れを観測したという情報だった。

「現在は継続して監視中だが……このままマナの流れが乱れ続けるようなら、秋の討伐は少し厳しいものになるかもしれない。討伐時期の前倒しも含めて、現在協議中だから心の準備をしておいてほしい」

エレノアが絡まない時のシャールは、同じ人間かと思うくらい目が冷たい。

(二重人格を疑う域だな)

そんなことを考えながらも、ユベールは「はい」と短く答えた。

「ところでお前、マリー嬢とはどうなっているんだ」

「……別に、いつも通り何も変わりません」

「それは大して上手くいってなくて、結婚後は仮面化する恐れがあるということだな」

事実を言い当てられ、腹が立ったが反論はぐっと抑え込んだ。シャールには口では勝てない。

この頃には、ユベールは、父にマリーとの関係や気持ちを見抜かれていて、空回りした行動ばかりを取る残念な子供扱いを受けていた。

「何とか関係改善してもらわないと困る。あの娘はベアトリスに似過ぎている」

シャールは、エレノアに近付く者全てが気に食わないという男だ。そのため、母がマリーを可愛がるのもよく思っていない。

「魔の森には不穏な気配が漂っているし、お前、マリー嬢に頭を下げて婚姻契約を結んでもらえ」

「なっ!?」

ユベールは契約に伴うあれこれを想像して、顔を真っ赤に染めた。

「ルカリオ殿には話は通しておいてやる。一発やって体から落として来い。エレノアには内緒にしておけよ。発覚したら絶対妨害されるからな」

シャールからの下品な命令に、ユベールは耳まで真っ赤になりつつも、心の中に暗い想いが湧き上がるのを感じた。

心が手に入らないなら体だけでも——

◆　◆　◆

嫌われているのは知っていた。

だけど、まさかマリーがあんなに刺激的な暴挙に出るとは思ってもみなかった。

恐らく、王妃の生誕パーティーでの行動がいけなかったのだろう。

その日のドレスがひときわ扇情的で目のやり場に困って苦言を呈したら、服装にケチをつけたような発言になった。

また、浄化の魔法を使おうとしたマリーの手を叩いてしまった。

浄化は体の表面だけに作用する魔法だが、何かの間違いがあって体内に流されたら醜態を晒してしまう。冷静に考えたら、マリーがそんな不作法な行為をするはずないが、体が勝手に反応していた。

婚姻契約を念押ししたのもいけなかったのかもしれない。

「虐《いじ》められた猫は虎になるんですよ」

そう言ってユベールに薬を盛った彼女の眼差しは、確かに獰猛だった。

だけど彼女は本質的なことを理解していなかった。ユベールに屈辱を与えて婚約の解消に持っていきたかったようだが、あの行為は自分にはご褒美でしかなかった。

悔しかったし、恥ずかしかった。

特に治癒の魔力を流された時は、暴発しそうになるのを抑えるのが大変だった。

しかし、屈辱と同時に歓びも感じた。

どのような形であれ、好きな女にそこを触れられて、嬉しくない男はいないはずだ。

マリーの細く小さな指先が自分のそこに触れたかと思うと、ユベールはそれだけで体が昂《たかぶ》った。

ユベールは熱い吐息を吐き出すと、トラウザーズの下腹部をくつろげ、そこを露出させた。

婚約破棄はしない。

そう宣言して帰ってきてから、既に二日が経過しているが、自室で一人になる度にユベールは苦しんでいた。マリーの姿が頭の中をちらつくからだ。

自身の性器は硬く勃《た》ち上がり、先端からはだらだらと先走りを溢れさせていた。

マリーの手の導きを思い出しながら、ユベールはそこに触れた。空いているもう片方の手は、胸に持っていく。

（ここにもマリーが……）

子猫がミルクを飲む時のように、舌を出してペロペロと舐めてきた。

彼女に触れられると、くすぐったいのに変な気分になったが、自分で触ってみても、ちっとも気持ち良くない。

ユベールは自身の胸から手を離すと、マリーのドレスの胸元を思い浮かべた。

ドレスの下はいったいどうなっているのだろう。触れたい。口付けたい。妄想するだけで興奮は高まった。

彼女は陰嚢にも触ってきた。最初は加減を知らない触り方で恐怖を覚えたが、懇願すると優しくなった。

こんな男の汚い部分に、綺麗なマリーの手が。

「マリー……、マリー……」

荒い息をつきながら、ユベールは彼女の名を呼んだ。

彼女を抱きたい。

プレゼントのラッピングを剥《は》がすように一枚ずつドレスを脱がせて、裸に剥《む》いて、いつも綺麗に纏《まと》め上げている髪を解《ほど》いて、寝台に押し倒して、この欲望を一番奥まで捩《ね》じ込みたい。

全身を触れ合わせて口付けて、上も下も一番深い部分で繋がったままで果てたら、どんなに気持ち良いだろう。

マリーと体を重ねる想像をし、ユベールはそこを擦《こす》った。何度も何度も。手を上下させる動きは少しずつ速くなっていく。

摩擦で痛くないのか聞かれた。

その時の速度を思い出しながら、ユベールは一心不乱に快感を追う。

犯したい。彼女を滅茶苦茶に。

そして孕ませてやりたい。白濁を何度も注ぎこんで、子宮を満たして膣の襞《ひだ》にも擦《こす》り付けて、女性器の入り口から溢れ出すまで。

「あっ……、く、出るっ、……っ！」

ユベールは寝台の傍に置いていた紙を手に取ると、性器の先端に当てた。

その直後、びゅくびゅくと白濁が溢れ出る。

部屋中に青臭い匂いが充満した。

精を吐き出すと途端に頭が冷え、虚しくなった。

（マリー……）

ユベールはうつむくと、熱い吐息を漏らした

◆
◆
◆

――憎い。

女は、呪詛を吐きながら森を目指していた。

針葉樹で構成される黒い森。そこは『魔の森』と呼ばれ、この国の人間に恐れられている。

――憎い。

私を犯したあいつが憎い。あのクズ。殺してやりたい。
だけど、無理だ。私には何の力もない。
ただの平民だから。権力者には逆らえない。
そうなったのは全部あいつのせいだ。
村を出なきゃいけなくなった元凶のあいつ。
街に出なければこんな目に遭うこともなかった。

女は何もかもを憎んでいた。
村のあいつも、あいつを野放しにした村長も、村人も、ああ、憎い。憎い憎い憎い。

――こんな世界、全て滅びてしまえ。

何もかもを呪いながら女は一路、森を目指した。
その胸には、怪しい占い師に渡された魔道具があった。

第三章　解放交渉

ユベールから思いもよらぬ性癖の暴露をされたマリーは、彼が帰った直後にミラに泣きついた。

「大変、ミラ、ユベール様が別れてくださらなかったの！　それだけじゃなくて、へ、変な性癖が……」

「どういうことですか……？」

「わ、私が目覚めさせてしまったみたいなの。せ、責任を取れとおっしゃって……」

「何ですって……！」

マリーの訴えを聞いたミラは絶句した。

「どういうことですか？　マリー様はあの若造に辱《はずかし》めを与えたはず、ですよね……？」

「それが喜ばせてしまったみたいなの！　ご褒美だったと言われたわ」

「ご褒美!?」

ミラはギョッとして目を見張った。

「実はあの日、薬をお茶に盛ったせいで、ユベール様に火傷をさせてしまったのよ。それで治癒魔法をかけてさしあげたんだけど、そしたらそれが快感になったみたいで……」

「親族でもないお嬢様の治癒魔法で快感を……？　それはどう考えても変態ではありませんか」

「そうよね⁉　あ、新しい扉を開いたとかおっしゃってたし……。私、どうしたらいいの……？」

「そのような特殊な性癖に、お嬢様が付き合う必要はございません」

ミラはぶるぶると震えながらきっぱりと言った。

「いいですか、世の中には様々な性癖の持ち主がいます。その中には、女性に責められたいという気持ちを持っている殿方もいるようで……。そういう殿方は、常人には理解できないやり方を望む場合があります。縛られたり、鞭《むち》で叩かれたり……」

「叩く⁉」

マリーは絶句した。

「……ユベール様を叩いたら、もしかしたら私、とてもスッキリするかもしれないわ」

ぽつりとつぶやいたあとで、マリーはハッと口元を押さえた。

「私、なんてことを……」

「お気持ちはわかります。あの若造のせいでマリー様は苦しんでこられましたからね。考えるだけなら無罪です」

ミラはマリーの空いている方の手を取り、慰めるように握りしめた。

「お嬢様に暴力は似合いませんし、できる方でもないのを私は知っております」

自分を信じ切っているミラの様子に、マリーはぎくりとした。

(ごめんなさい、ミラ。私、実は一度だけ、わざとユベール様の足を踏んだことがあるわ)

いつだったか、何がきっかけだったかは忘れたが、あまりにも腹が立って、よろけたフリをしてやってしまったことがある。

（だけど一度きりなの。本当よ）

踏みつけた瞬間はともかく、あとからとんでもない罪悪感が襲ってきたから、暴力が向いていないのは間違いないとは思う。

「一応参考に聞くんだけど、む、鞭《むち》で叩くというのは具体的にどうするの？　乗馬用の鞭《むち》を使うの？」

「具体的に知る必要はございません！」

試しに聞いてみたら、強い語調で回答を拒否された。

（そうよね……。下手に足を踏み込んだら、ユベール様のように私も新たな扉を開いてしまうかもしれないわ……）

マリーはミラが答えてくれなかった理由を分析して納得した。

「マリー様、私はユベール様に付き合う必要はないと思います」

ミラはこちらの動揺には気付かなかったようだ。

「そうかしら？」

「ええ。そして性癖というものは簡単には変わらないそうです。ですから、マリー様では満たされないとわかれば、もしかしたら別の方を探し始めるかもしれません」

「……そんなに上手くいくと思う？」

マリーは不安を覚えて眉を寄せた。

「ユベール様の要求に付き合わないことが重要です。ですから、流されないように強いお気持ちを持ってください。マリー様は優しいですからね……」

「し、縛るとか叩くとか私には無理よ！　頼まれてもできないわ……」

マリーは肩を落とすと深くため息をついた。

「さっきはあまりの衝撃に、しっかりとお断りできなかったのよ……。ユベール様とは、もう一度話し合わないといけないわね。今度こそきっぱりと断らなくっちゃ……」

「そうですよ、マリー様。お前のおかしな性癖には付き合えないと、はっきりと突きつけてやるのです！」

「わかったわ。私、頑張る」

マリーは気合を入れた。

「ねえミラ、ユベール様にお話しする時は同席してくれる？　本当はお父様にお願いするべきなのかもしれないけれど、こんな話、さすがにお父様の前では……」

「そうですね。あまりにも下品というか下世話というか……。私でいいのなら喜んで」

ミラはマリーに向かって力強く頷いた。

二日後――
ユベールにもう一度婚約の解消を願い出るために、マリーはミラを連れてラトウィッジ侯爵家の領地屋敷に向かった。

本当はコートニー子爵邸に呼び出したかったが、領地の仕事が立て込んでいてしばらく侯爵領から離れられないという返事があったので、ミラの同席を認めてもらってこちらから出向くことにしたのだ。

王都から侯爵領の領都までは転移陣を使い、ゲートからは馬車に乗り換える。

その馬車の中で、マリーはユベールに突き付ける言葉の予行演習をした。

「あなたの性癖には付き合えません。ですから、やはり婚約を解消してください」

(こう言うだけよ。大丈夫。私、言えるわ)

マリーが上手く言えなかったり、ユベールに言い負かされそうになったら、ミラが助けてくれることになっている。

だから、今日こそユベールからの自由を勝ち取れるはずだ。

「大丈夫ですか、マリー様。顔色が悪いです」

緊張が顔に出ていたのか、隣に座るミラが声をかけてきた。

「ちょっとお腹が痛いけど頑張るわ……」

「お嬢様にはミラが付いていますからね。一緒にユベール様と戦いましょう」

ミラは膝の上に置いたマリーの手に自身の手を重ねてきた。

◆　◆　◆

同時刻――

ユベールはマリーの到着を待ちながら、どう対応するかを考えていた。

婚前交渉をするはずだった日、マリーが刺激的な暴挙に出た理由は簡単に想像できた。

自分に対する怒りが許容量を超え、何をしてでも逃げたくなったのだろう。

だが、ユベールに彼女を解放するつもりはない。だから婚約解消はしないと伝えるために、どうにか時間を捻出してマリーのところへと向かった。

一週間近く時間がかかってしまったのは、大量に仕事を押し付けてくるシャールのせいだった。

だが、一刻も早く引退したいという父の気持ちはユベールにもわかる。自分だってマリーと二人きりの世界に行きたい。

(俺はしっかり父上の血を引いていたんだな)

ユベールは自分が父と同類だったのを自覚し、顔をしかめた。

婚約の解消をしないと宣言した時、マリーが妙な勘違いをしたことには意表を突かれた。

被虐性癖があると思われたのは心外だったし、即座に否定しようと思ったが――

『責任を取れということですか……？』

青ざめたマリーがそう告げた瞬間、天啓のように一つの考えが閃いた。

(勘違いさせたまま、責任を取ってもらった方が良いのでは……？)

男としての矜持《きょうじ》が少し疼《うず》いたが、違うと否定するよりも、このまま責任を取れと迫る方が楽にマリーが手に入るような気がする。

誤解は彼女を手に入れてから ゆっくりと解《と》いていけばいい。

（いや、むしろ解《と》かない方が色々とやってもらえるのでは……）

そんな都合の良い、卑劣な計算も働いた。

結果、彼女は首を縦に振った。

だが帰宅するなり、マリーから、もう一度子爵家に来てくれという連絡が入った。

その瞬間、ユベールは察した。

少し時間を置いて冷静になり、マリーは自分が流されたことに気付いたに違いない。

咄嗟に「領地の仕事が立て込んでいて無理だ」と返答したら、彼女は「ミラを連れてこちらに来たい」と強く要望してきた。

（あの侍女が余計な入れ知恵をした可能性もあるな……）

ユベールは渋い表情で窓の外へと視線を向けた。

するとマリーの迎えのために出した侯爵家の馬車が、門から入って来るのが見えた。

「悪いが、話し合いへの同席は遠慮してほしい」

玄関ホールで執事と一緒にマリーを出迎えたユベールは、ちらりと背後のミラを一瞥《いちべつ》すると切り離しをはかった。

二人とも顔を引きつらせている。

（馬鹿だな、マリーは）

本気で婚約を解消したいのなら、ルカリオを説得して親同士を交えての話し合いに持ち込むべきだった。

男親に赤裸々に事情を話すのに気が引けたのだろうが、平民の使用人を排除するなんて簡単だ。侯爵家では領民の力を借りる機会が多いので、ユベールは身分を振りかざすのは好きではない。だが必要な時は遠慮なく権力を使う。それができなければ国境の領主など、とてもではないが務まらない。

どうするかと見守っていたら、マリーは戦士のような表情でミラに声をかけた。

「ミラ、ここまで来てもらったのにごめんなさい。しっかり話し合ってくるから、待っていてくれる？」

「ですが、マリー様……」

「大丈夫、私一人でも頑張れるから」

マリーは不安そうなミラに微笑みかけると、ユベールに向き直った。

「話がついたのなら行くぞ。マリーだけ付いてこい」

ユベールは隣にいた執事に、ミラを適当な部屋に通すように言い付けると、マリーを連れて自分の部屋へと向かった。

「適当に座ってくれ」

ユベールはマリーにソファを勧めると、使用人に言い付けて二人分の飲み物を用意させた。

ほどなくして紅茶が運ばれてきたが、マリーは警戒しているのか、ティーカップに手をつけようとしなかった。

先に薬物を使ったのはマリーだから当然かもしれない。

危機感を募らせることもなく、のこのこと男の部屋にやって来たくせに、変なところで用心深さを見せる姿が微笑ましい。

何をしていても可愛く見えるのは、好きになった欲目かもしれない。

「お忙しいようなので、用件だけを申し上げてもいいでしょうか？」

「ああ」

「ユベール様、私、あなたがお帰りになったあと、よく考えたんです」

マリーは言いにくそうにしながらも切り出してきた。

「あの、やっぱり、変わった性癖にお付き合いするのはちょっと……」

「変わった性癖とは？」

聞き返すと、マリーは動揺した。

「具体的に提示してもらいたい」

「えっと、その、じょ、女性に責められたいという……」

マリーは恥ずかしいのか口ごもった。

「マリーは付き合えないと言ったが、本当にそうか？　俺の体に触った時、随分と楽しそうにしていたが」

ユベールの発言に、マリーはぴしりと固まったあと、顔を真っ赤に染めた。

「楽しんでなんかいません！」

恥じらいながら反論するマリーは、とてつもなく可愛らしかった。

ユベールの中の嗜虐心がむくむくと湧き上がってくる。もっとマリーを問い詰めて、色々な顔を引き出したい。

「いや、楽しんでいた。好奇心いっぱいに俺の体を……」

「違います！　もしかしたらそう見えたかもしれませんが、私は必死だっただけです！」

ユベールの追求に堪《たま》りかねたのか、彼女は珍しく、こちらの発言を遮ってきた。

「もう一度同じことはできません。それ以上は尚更です」

「それ以上？」

「た、叩くとか……縛るとか……」

マリーは言いづらそうにもごもごと教えてくれた。

（やっぱり侍女におかしな知識を吹き込まれたみたいだな……）

無垢なマリーにそんな知識がある訳がない。ユベールは顔をしかめた。

「あいにく俺にもそういう趣味はない」

「えっ……？　でも被虐性癖の殿方は、そういうことがお好きなんですよね……？」

「性癖は人それぞれだ。痛いのも縛られるのも俺は好きではない」

自分は何を言っているのだろう、と思いつつもユベールはきっぱりと否定した。

「た、多少私が考えているより性癖がまともでも、私はあなたと一緒になるのは無理です！」

マリーはうろたえつつも、やけくそのように宣言した。

「嫌だ」

ユベールは一言で拒否した。

「マリーは次を探せばいいと言うだろうが、どうやって？　そんな危険を冒すよりも、お前に責任を取ってもらう方が、俺にとっては好都合だとは思わないか？」

「ですから、それは無理だと申し上げています。私と結婚してもユベール様は満足できません。性癖が満たされなければお困りになるのでは？」

「別に困らない。俺にはマリーを責めたいと思う気持ちもあるからな。何なら今から実践で教えてもいい」

「じ、実践!?」

ユベールは焦るマリーに笑みを向けると、ソファから立ち上がった。

◆　◆　◆

覆い被さってきたユベールにソファに押し倒され、マリーは青ざめた。

これまで彼がマリーに対して下心をあらわにしたことがなかったから、完全に油断していた。

彼はれっきとした男性で他人だ。血縁関係のある父や弟とは違う。

「マリー……」

目を伏せ、ユベールは顔を近付けてきた。

ものすごい色気だ。男性なのに。

（この人、顔は良いのよね……）

マリーは状況を忘れ、ぼうっと見惚れた。

彼の形の良い唇が、マリーのそれに重なってきた。

突然の口付けにマリーは大きく目を見開くと、ユベールの胸に手を付いて思いっきり突き飛ばそうとした。

だがユベールの体は鋼鉄のように硬く、びくともしない。

男女の筋力差を思い知らされ、マリーは涙目になった。

するとようやく唇が解放された。

「泣くほど嫌か」

ユベールの発言に、カッとしてマリーは言い返した。

「当たり前です！　突然こんな……。何で……？」

「好きだから」

切なげに囁かれ、マリーは意表を突かれた。

「俺はずっとマリーが好きだった」

「……嘘」

マリーは呆然とつぶやいた。

「嘘じゃない」

ユベールのその発言がマリーはやけに癪《しゃく》に障った。

「あなたの態度は、とてもそうは思えませんでした。ずっと私に冷たかったですよね？」

「それは……出会ったばかりの時、マリーが気に入らなかったのは事実だ。認める。親が勝手に決めた婚約者に反発していた」

ユベールは悲しげな表情でそう告げた。

マリーはその顔に思わず見惚れた自分に気付き、ハッと我に返った。

「……途中から意見が変わったということですか？」

「自覚したのはマリーが秋の討伐に参加した時だ」

「一年近く前じゃないですか！」

思い返してみたが、この一年間、ユベールにそんな素振りは一切なかった。

「すまない。どういう態度を取ればいいのかわからなかった」

彼の言い訳を聞いた瞬間、頭に血が上り、勝手に体が動いていた。

マリーは手を振り上げると、ユベールの頬を張った。

バチンと周囲に良い音が響き渡った。

「何で避けないのよ！」

ユベールの運動能力なら避けるなり、手を掴んで阻止するなり、できたはずだ。

「マリーの怒りは当然だと思ったから避けなかった。本当に申し訳なかった」

「これくらいで許すと思わないで……」

「わかっている。マリーは俺を許さなくていい」

囁くと、ユベールはマリーの首筋に顔を埋《うず》めてきた。

耳朶《じだ》を食《は》まれ、肌が粟立つ。

「やだっ！　何考えて……」

「マリーに好かれるのは無理なことは理解している。でも、今、マリーは俺の婚約者だ。お互いの親が婚前交渉することも承知している。つまり、既成事実を作って婚姻契約さえ結んでしまえばマリーは俺のものだ」

「そうはいかないでしょう！　不同意で事に及ぶのは犯罪です！」

「ならマリー、同意してくれ」

ユベールはマリーの手を取ると、騎士のように手の甲に口付けてきた。

彼の唇が触れた所が熱を帯びる。

――でも。

「この状況では同意できません」

「じゃあ、どうすれば俺はマリーの同意が得られる？」

こちらに注がれるユベールの瞳はどこか仄暗かった。

返答を間違えれば、そのまま事に及びそうな危うさを感じ、背筋に変な汗が流れる。

「わ、私を尊重してくださ い。婚約者としてちゃんと……。二年前からやり直すつもりで……」

とりあえずそれっぽい言葉を並べ立ててみた。

すると正解だったようで、ユベールの雰囲気がわずかに和らいだ。

この場をどうにか切り抜けるために、マリーは必死に知恵を絞る。

「一般的な婚約者らしいこともしていただきたいです。遠乗りとか、ピクニックとか……」

「そういう普通の恋人のような行動は、許してもらえないと思っていた。いいのか？」

マリーはこくこくと頷いた。

「関係を初めから作り直しましょう！　私が許せると思えるまで努力してください。そうしたら、あなたと結婚していいと思えるかも……」

「……わかった」

ユベールが承諾したのでマリーは安堵した。

「それではですね、私の上から退《ど》いていただけないでしょうか？　まずは普通の婚約者らしく、健全なお付き合いからお願いしたいです」

「それは不公平じゃないか？　マリーは俺の裸を見たのに」

「男性の裸と女性の裸は価値が違います！　自警団の方々は、何故か気軽に上半身裸になるではありませんか！」

「……あいつらと俺を一緒にするな。連中は何故か自分の筋肉を見せつけたがるんだ」

「私、討伐の手伝いをするようになって、殿方の上半身は見慣れてしまいました」

「その割に俺の裸に興味津々だったが……」

「遠くから見るのと実際に触るのは違います！　あれは、男性の体に純粋に興味があって……」

「俺もマリーの体に興味がある」

マリーはぐっと詰まった。だが、ここで言い負かされる訳にはいかない。貞操の危機である。

「順序を踏んでください。普通の婚約者は、そこに至るまでに半年とか一年とか、期間を設けるはずです！」

貴族同士の結婚はすぐにはできない。式の準備に時間がかかるので、最短でも半年はかかる。

「……わかった」

ようやく納得したようだ。ユベールの腕が緩んだので、マリーは安堵した。

「あの、まだ日が高いので、よろしければどこかに連れて行っていただけないでしょうか」

二人きりは危険だ。マリーはこの部屋から逃げ出すべく、ユベールにねだってみた。

「今からだと行けるところは限られているな。……街でいいか？」

「はい！　行きたいです！」

マリーは勢いよく頷いた。

◆　◆　◆

玄関ホールに移動したマリーは、心の底から安堵した。

どうにか無事にユベールの部屋から出られた。あのままいたら今頃何をされていたかわからない。

馬車の準備をしに行った彼を待つ間に、使用人にお願いしてミラを連れて来てもらった。

「マリー様！　ご無事でしたか……！」

ミラが駆け寄ってきた。

「ミラ……。心配かけてごめんね……」

「あの、大丈夫でしたか……？　上手く話はつきましたか……？」

ミラは小声で聞いてきた。マリーも同じくらいのひそひそ声で返す。

「婚約は上手く解消できなかったんだけど、何だか話が変わってきて……」

「どういうことです？」

「ずっと前から好きだったと言われたの……。訳がわからないわ」

「……何ですって？」

ミラの雰囲気が急に怖くなった。

「それで、あの、とても強く迫られて……。襲われかけて……。その場をしのぐために交渉して、一からやり直しましょうと提案したの……。それで、これから街に……」

「襲われかけたのに一緒にお出かけを……？」

「街なら大丈夫かなって……」

「…………」

ミラはしばし沈黙すると、ややあってポケットから何かを取り出した。そして、それをマリーの手に握らせた。

「マリー様、男は狼です。人気のない場所にはできるだけ行かないように。貞操の危険を感じたらこれを使ってお逃げください」

「これは何？」

ミラに渡されたのは、手のひらサイズのアトマイザーだった。

「私が護身用に持ち歩いているものです。唐辛子を煮詰めた液が入っています。攻撃魔法よりも手っ取り早いのではないでしょうか」

「そうね。ありがとう」

（さすがにこれを使う状況には……なるかもしれないわね）

襲われかけたのを思い出し、マリーは受け取ったアトマイザーをドレスのポケットに忍ばせた。

「ミラ、私が戻るまでこちらで待っていてくれる？」

「もちろんです」

ミラは力強く頷いた。

◆　◆　◆

（変なことをしたら許さないんだから）

マリーは警戒しながら出かけたが、ユベールはこちらが拍子抜けするほど紳士的だった。

馬車では必要以上に接触せず、乗り降りの時のエスコートも完璧だった。

(元々、外面は良かったものね……)

侯爵家の後継者らしく、一緒に出歩く時のマナーは非の打ちどころがなかった。

ユベールが連れて来てくれたのは、ラトウィン最大の繁華街だった。

大通りは人が活発に行き交っていて活気に溢れている。

「どこに行きたい？」

ユベールからそう尋ねられて、マリーは硬直した。

(何も考えていなかったわ)

とりあえずその場を逃れたいという気持ちしかない。

マリーはきょろきょろと辺りを見回した。

「そこに花屋がある。見に行くか？」

ユベールが指さした先には、生花店があった。

「うちに花を卸している店だ」

ラトウィッジ侯爵領はアライン王国の北の端に位置しており、標高も高いため、王都よりもかなり涼しい。気候が違うためか、店の品揃えも王都とは違って珍しい植物がたくさん並んでいた。

「ユベール様!?　女性連れとは珍しいですね……」

店に入ると、店主らしき中年男性が声をかけてきた。

「婚約者だ。マリーという。なかなか街に連れて来る機会がなかった」

ユベールの答えを聞いた店主は、目を丸くしてマリーを見つめた。

「あなたがユベール様の……。コートニー商会のお嬢様でしたっけ？」

「ああ」

ユベールは店主に頷いてからマリーに向き直る。

「マリー、これまでお前に贈った花はここで購入したものだ」

「そうだったんですね」

マリーはユベールから形に残るものを貰うのが嫌だったので、誕生日などの贈り物は全て花にしてくれと頼んでいた。

折に触れてユベールから贈られるそれは、認めるのはちょっと癪《しゃく》だったが、とても趣味が良かった。

店構えを見て納得した。店内には、上品なフラワーアレンジメントがあちこちに飾ってある。

「コートニー商会とも取引があるんですよ。そこの観葉植物は商会から仕入れたものです」

店主が教えてくれた。

コートニー商会は、元は海運事業から大きく発展した商会である。今では手広く色々なものを取り扱っているが、異国との貿易は現在も商会を支える根幹だ。

「あなたはうちの船に乗ってここまでやって来たのね」

マリーは親近感を覚え、観葉植物の葉に触れた。

「何かマリーのために見繕ってくれないか？　彼女はこれから王都に戻らないといけないから、持ち帰るのにあまり邪魔にならない程度の大きさで」

「もちろんです」

ユベールの依頼に店主は快く頷いた。

「マリー様、お好きな色や花材はありますか？」

「えっと……では、そこのラベンダーを中心に纏《まと》めてもらえますか？　すごく大振りで綺麗です」

店主に尋ねられ、マリーはパッと目に入った紫色の花を指さした。

「お目が高いですね。こいつはこの辺りにしか自生しない野生種のラベンダーです。栽培種よりも花が大きくて、香りも強いんですよ」

店主は愛想良く花の説明をした。

「そうだな……夏らしく爽やかに白い花と一緒に纏《まと》めてみるのはいかがですか？　今日のお嬢様の服装にも合うと思います」

「そうですね。では、それでお願いします」

マリーが承諾すると、店主はラベンダーの他に、ライラックや白の薔薇で花束を作り始めた。

あえて香りの良い花ばかりを選んでくれているようだ。

マリーは内心で感心しながら、可愛らしい花束を魔法のように作っていく店主の手元を観察した。

「できましたよ。ユベール様」

店主は持ち運びがしやすいように、小ぶりのバスケットに花束をアレンジしてくれた。

白と紫で統一された花束は、大人っぽくて爽やかだった。

「……ありがとうございます」

マリーはバスケットを受け取ると顔を近付けてみた。予想通り、とても良い香りがした。

(これくらいで、帳消しになんてならないけど……)

心の中で思いながらも、マリーはユベールに感謝の言葉を伝えた。

「次はどこに……」

店を出てユベールが言いかけた時だった。空から白い鳥が飛んできて、彼の肩に止まった。

「通信魔法……？　シャール様からですか？」

鳥の胸元には、金色の魔法紋が刻まれていた。それを見れば、送り主が誰なのかわかるようになっている。

「そうみたいだな」

ユベールは顔をしかめると、その紋に触れた。すると鳥がシャールの声を発した。

《ユベール、折角の外出を邪魔して悪いが、すぐ戻ってきてほしい。魔の森に特異種が出た！》

その発言に、ユベールもマリーも大きく目を見開いた。

《ユトナ村が壊滅したらしい！　私はすぐに基地に移動する》

「かしこまりました」

ユベールが答えると、鳥はふっと消滅した。

ユトナ村はラトウィッジ侯爵領内にある、魔の森に隣接する村の一つである。

特異種というのは、特殊な変異をした魔物のことだ。

極めて強く凶悪なため、即討伐しなければ、周辺の町や村に甚大な被害が出る。

マリーはハッとした。婚姻契約を結びたいという申し出が侯爵家からあったのは、魔の森の魔力が乱れているからそれに備えたい、という話だったはずだ。

「ユベール様、もしかして、特異種が出た原因って、魔の森のおかしな魔力のせい……？」

「そうかもしれない。マリーはこのまま王都に帰れ」

「えっ……」

ユベールの発言にマリーは目を見張った。

「このままここにいたら、治癒魔法の使い手としてあてにされる」

「それは……、そうでしょうけど……」

討伐の手伝いは大変だ。

客人扱いのマリーに回されるのは軽傷の怪我人ばかりだが、それでも魔力回復薬を大量に飲まなければ追いつかないし、毎回自分の屋敷に戻る度に疲労で二、三日動けなくなる。

「一応の備えはしてあるが、恐らく物資が足りなくなる。ルカリオ殿に支援を頼みに行くという名目で戻ればいい。それから体調を崩したことにでもすれば、誰も咎めない」

「……いいえ、お気持ちだけで結構です」

マリーはきっぱりと宣言した。

「お父様のところにはミラに行ってもらいます。見て見ぬふりはできません。これでも貴族としての義務は心得ているつもりです」

こんな状況で王都に帰るのは、マリーの道徳感が許さなかった。

貴族には魔力で社会貢献する義務がある。だからこそ市民は為政者として認めるのだ。貴族として生まれた者は、その考え方を徹底的に叩き込まれる。

「だが、手伝うのは嫌だと手紙に」

「……あなたのせいで呼び出されるのが嫌だったのであって、本質的にはそうではありません。お手伝い自体はやりがいもありました」

ユベールが嫌いで仕方なかったから、彼に関わる何もかもが腹立たしかった。

ちゃんと謝ってくれたからなのか、今は、手伝うこと自体にそこまでの嫌悪感はない。

(そもそも、この人以外は優しかったし、感謝もしてくれたし……)

「本当に良いのか？　うちはとても助かるが、急な討伐になるから人手が足りなくて、これまでのような配慮はできないかもしれない」

「私の魔力ではできることに限りがありますが、それでいいなら。議論している時間はありませんよね」

「その通りだが……後悔はしないか？」

「はい」

マリーは頷いた。

◆　◆　◆

マリーはユベールと一緒に大慌てで屋敷へと戻った。

すると、玄関ホールでエレノアと出くわした。

屋敷の執事や、自警団の団員達と難しそうな顔でやり取りをしていた彼女は、こちらに気付くと駆け寄ってきた。

「ユベール！　お帰りなさい。マリーちゃんも！　二人で楽しくお出かけしていたところだったのにごめんなさい」

「母上、魔の森に特異種が出たというのは本当ですか？」

「ええ。それで今、基地に向かう準備をしていたの」

「父上は？」

「シャールは先に向こうに行ったわ。私も準備ができ次第向かうつもり」

「俺もすぐ準備をします。マリーも手伝ってくれるそうです」

ユベールの発言を聞いて、エレノアはマリーに視線を向けてきた。

「マリーちゃんが手伝ってくれたらとても助かるけど……。いいの？　お父様は承知されてる？」

「父にはこれから連絡します。錬金薬などの物資も必要になりますよね？」

コートニー商会は国内での商売の便宜を図ってもらう見返りに、討伐の時に必要になる物資の優先的な供給を請け負っている。卸値も他所に比べてかなり勉強しているはずだ。

「……ええ。ありがとう。あなたがユベールの婚約者でよかった……」

エレノアはマリーの手を取って握りしめた。

「あの、ミラはどこにいますか？」

「ミラってマリーちゃんの侍女よね？　今回はあの子も連れて来たの？」

「えっと、はい。水晶硝子《ガラス》のアクセサリーを見たいというものですから……」

魔の森の件で屋敷内の雰囲気はピリピリしている。

この状況で本当の理由をエレノアに言うのは気が引けたので、マリーは適当に誤魔化した。ミラには口裏を合わせてもらえばいい。

「エレノア様、緊急で何が必要か、取り纏《まと》めていただけますか？　父の元にはミラを行かせます」

「重ね重ねありがとう。すぐに用意するわね」

エレノアは頷くと、周囲にいた人達に目配せをした。

「マリー様、ミラさんのところにご案内します」

執事が声をかけてきた。マリーは彼の先導を受け、ミラの元に向かった。

◆

◆

◆

ミラは、応接室で待たされていた。

「マリー様！」

彼女はマリーの姿を見るとソファから立ち上がり、駆け寄ってきた。

「魔の森で大変なことになったようで……」

「そうね。こんな状況に遭遇してしまったら、手助けしない訳にはいかないわね……」

「お手伝いなさるおつもりですか？」

ミラの質問にマリーは頷いた。

「お嬢様はお人好し過ぎます！」

「貴族として生まれた以上、何もしないというのは許されないわ。私達の魔力はこういう時のためにあるんだもの」

「お嬢様のおっしゃる通りかもしれませんが……」

ミラは肩を落として、物言いたげな目を向けてきた。

「……わかりました。乗りかかった船なので私もご協力します。ですが、一つだけ教えてください。ユベール様とは今後、どうお付き合いなさるおつもりですか？　先程は襲われかけたとおっしゃっていましたよね!?」

「えっと、婚約の解消を改めてお願いしたら拒否されて……。私をずっと好きだったっておっしゃって、受け入れてくれって迫られたの……。でも、何もされてないわ。それは本当よ！　その場をしのぐために、一からやり直してくださいとお願いしたら、離れてくれたから……」

「それで、お嬢様はあの方を受け入れるおつもりですか？」

「まさか！　貞操を守るために必死だっただけよ！」

「では、改めて婚約を解消する方法をお考えになる？」

「……そうね。こちらのごたごたが片付いたら……」

「ごたごたには首を突っ込まれるんですね」

「一応私はまだユベール様の婚約者だもの。何もしない訳にはいかないわ」

やはりユベールの勧めに従って、王都に戻るべきだっただろうか。

ちらりとそんな考えが頭をよぎるが、マリーは即座に否定した。

この状況で侯爵家に協力せずに王都に帰ったことが明るみに出たら、マリーもコートニー子爵家も貴族として非難されるかもしれない。それはマリーの矜持《きょうじ》が許さなかった。

「ミラ、王都に戻ってお父様に報告してくれる？　今、エレノア様が必要になりそうな物資を纏《まと》めてくれているの」

「……かしこまりました」

ミラは肩を落としながらも承諾した。

彼女は姉のような理解者だから、討伐を助けると決めたこちらの心理を、何となくでも理解してくれたのだろう。

これ以上強く止められなかったことに、マリーはホッと胸を撫で下ろした。

第四章　討伐準備

ミラと別れたマリーは玄関ホールへ戻った。

すると自警団の制服姿のユベールと出くわした。

「エレノア様は？」

「執務室だ。先に森に向かうように言われた。マリー、これを母上から預かってる」

ユベールは手に持っていた鞄をマリーに差し出してきた。

中身を確認すると、マリーが討伐に参加する時の白衣が入っていた。

これは、「未来の娘とお揃いがいい！」と主張したエレノアが仕立てたものである。そのため、普段の管理もエレノアに任せていた。

「着替えは現地でいいと思う。だがマリー、本当に良いのか？　あちこちに声はかけたんだが、やはり人が集まりそうにない。恐らくいつも以上の負担をかけてしまうと思う」

「心の準備はできています」

マリーはきっぱりと返事をした。


魔の森への討伐は、森のほど近くにある自警団の基地を拠点に行われる。

最寄りのセイラックという村まではゲートで移動できる。

基本的にゲートは一領一か所と決まっているが、魔の森を抱えるラトウィッジ侯爵家は、特例で二か所のゲートの設置を認められている。加えて私兵の所有も許されているので、アライン王国でもかなり特別な家柄だった。

ユベールや他の自警団員と一緒にゲートで移動したマリーは、内心憂鬱だった。

セイラック村から基地までは馬車移動になるが、周囲の余計な配慮のせいで、ユベールと二人きりになってしまったのだ。

「マリー、ここまで来てくれてありがとう」

ぽつりと話しかけられ、マリーは隣に座っているユベールの顔を見上げた。

「何ですか、いきなり改まって……」

「ちゃんと礼を言ってなかった」

「そうでしたっけ？　バタバタしていたのでお気になさらないでください」

そう返すと、マリーは視線を窓に移した。

「マリーは義務を果たそうとしているだけなのかもしれないが……。俺は馬鹿だから期待してしまう」

「期待……？　何の期待ですか？」

「将来的にマリーが俺を受け入れてくれて、健全ではない関係に発展するのではないかと」

そう言えば、そんな感じの話をしてから街に出かける流れになった気がする。

「き、気長にお待ちいただけますか……？」

あれはその場をしのぐために出た言葉で、本当はまだ逃げたいと思っている――とは言えなくて、マリーはうろたえながら誤魔化した。

「だが、このまま婚約関係が続いた場合、俺が二十歳になったら結婚式だ。式を終えたあと、夫婦関係がないのはありえないが」

「そこまで行き着けば、婚姻契約を結ばない訳にはいかないでしょうね」

（行き着けばね……）

心の中でつぶやいてから、そうは言っても逃げるのがかなり難しい状況なのに気付き、マリーは青ざめる。

自分に執着しているのはユベールだけではない。エレノアの存在をすっかり忘れていた。

（ユベール様よりも、どうにかすべきなのはエレノア様では……）

だがマリーにはエレノアを説得できる気がしなかった。

「ユベールが気に入らないなら、結婚式だけ挙げて放置していいのよ。マリーちゃんが私の義理の娘になってくれたらそれでいいの」

――そんなようなことを言いかねない。

社交界に強い影響力を持つエレノアがマリーにこだわっている限り、今のコートニー子爵家の力では婚約の解消はできない。

（最悪、何もかも捨てて逃げるという方法もあるけど……。家と商会に迷惑をかけてしまう……）

家族や商会で働く人々のことを考えたら、とてもではないができない選択である。

マリーはユベールに視線を戻した。すると、青い瞳と目が合った。ユベールは一心にマリーを見つめていたようだ。

「俺はどこまでならマリーに触れても許される？　マリーは普通の婚約者のように、と言ったが基準がわからない」

「……私を好きだとおっしゃったのは本気だったんですか？」

「そこからか……」

ユベールは眉をひそめた。

「出会ってから早い段階で、交流の時間が案外悪くないなとは思っていた。課題をする俺を邪魔しなかったし、お茶を淹れてくれたのもありがたかった」

「……一人で飲むのはどうかと思っただけですけど」

「それでもマリーは淹れてくれた。俺なら嫌いな奴のためには指一本たりとも動かさない。家格の差がある婚約だったからかもしれないが、最初に酷い態度を取って、俺を嫌い抜いていたはずなのに、婚約者としての義務を果たしてくれる姿に少しずつ惹かれていったんだと思う」

熱を帯びた瞳を向けられ、マリーは硬直した。

彼はそんなマリーに向かって自嘲めいた笑みを浮かべると、更に続けた。

「恋愛感情に気が付いた時には、どうしていいかわからない状態になっていたんだ。だから、体が手に入るならそれでいいと思うことにした」

ユベールの思考回路はどこかズレている。

マリーは頭痛を覚え、こめかみに手を当てた。

「普通は関係改善の努力をするものでは……？」

「しようと努力はしたが、上手く言葉が出なかった」

「努力はなさっていたんですか……」

口下手という域を超えている。これまでの言動を思い返したら、頭痛が余計に酷くなった。

「いつもは以前俺が贈った髪飾りを付けてくれただろう？　嬉しかった」

「頂いた以上、使わないのも失礼かと思いまして……」

猫のミュウの瞳の色の髪飾りのことだ。彼から貰った形に残る贈り物はそれしかない。

「今日付けていないのは、別れ話をしにきたからか？」

「……はい」

マリーは素直に認めた。

「マリーには悪いし可哀想だと思うが、俺はマリーを手放せない」

「そのようですね。どうしてそこまで私にこだわるのか意味がわかりませんが……」

「そうだな。俺もそう思う。恐らく、ここまで拗《こじ》れたマリーと関係を作り直すより、別の女性を婚約者にした方が話が早い。でも、マリーじゃないと嫌なんだ」

苦しそうに告げられて、ドクンと心臓が高鳴った。

このまま彼と結婚してもいいのかもしれない。そんな考えが頭の中をちらつく。

（条件としては悪くはないのよね……）

定期的な魔物討伐の手伝いは大変だが、ラトウィッジ侯爵家は国内に二つしかない侯爵家の片割れで、王家との繋がりも深い名門中の名門だ。

シャール、エレノアのみならず、領地の仕事を手伝っているシャールの弟夫妻や、討伐の手伝いに来る親戚、自警団の面々もマリーを可愛がってくれる。

ユベールは一人息子なので、義理の兄弟に悩まされる心配もない。

（もしかして……ユベール様にさえ目を瞑《つむ》れば、嫁ぎ先としては悪くないのでは……）

彼から首尾よく離れられたとしても、貴族の娘である以上、いずれどこかに嫁がなければならない。

新しく見つけた嫁ぎ先に面倒臭い親戚、特に姑や小姑がいるかもしれない。顔合わせでは良い人そうに見えても、結婚後、暴力男に豹変する可能性もある。

（ユベール様の場合、暴力はないと思うのよね……エレノア様が睨みをきかせてくださるだろうし……）

そう考えたところで、マリーはハッと我に返った。

（嫌だわ。私ったら、何を前向きに考えているのかしら……）

何だか気まずくて、マリーは目を伏せた。

「話を戻すが、俺はどこまでならマリーに触れても許される？」

「えっと……」

マリーは答えを考えた。

「手を握るくらいなら……？」

「マリーは俺に淫らに触れてきたのに」

「忘れてください！　あの時は特別です！　言いましたよね、嫌われるために必死だったって」

舌打ちされた。態度の悪さはまだ健在である。

思わず眉をひそめると、ユベールの手が膝の上に置いたマリーの手に重ねられた。マリーはびくりと身をすくめ、ユベールの顔を見る。

「手を握るのはいいと言った」

「言いましたけど……」

「マリーの手は小さいな。それに指が細くて綺麗だ」

真顔で褒められ、顔が熱くなる。

「この手が俺に……」

「そういう淫らな想像はやめてください」

マリーはスッと手を抜いた。

「『俺に』と言っただけだが。マリーは淫らな想像をしたのか？」

意地の悪い物言いに、マリーはユベールを睨みつけた。

「すまない。からかうつもりはなかった。でも、そんな顔のマリーも可愛い」

「…………ちょっと態度が変わり過ぎではありませんか？」

「気持ちを白状したら色々と吹っ切れた。それに、少しは意識してくれているようだし」

ユベールはふっと笑った。からかわれているような仕草に、怒りが湧き上がる。

(何て嫌な人なの！)

やっぱりユベールはユベールだ。態度が変わっても神経を逆撫でしてくるのは変わらない。

「……マリー、変異種の討伐では何があるかわからない。絶対に結界の外には出るな。いつも以上に注意してほしい」

「わかっています。ユベール様こそお気を付けて」

「心配してくれるのか？」

ユベールはわずかに目を見開いた。

「失礼な方ですね。いくらあなたのことがあまり好きではなくても、人として無事をお祈りするくらいのことはします」

マリーはムッとして言い返した。

「危険なんですよね……」

「そうだな」

「……婚姻契約ができなくてごめんなさい。そういうことをしなくていいんだったら、して差し上げられたんですけど……」

「いい。水の副属性は欲しいが、マリーの気持ちの方が大事だ。体さえ手に入ればと思っていたが、本当は心も欲しい。だからマリーが許してくれるまで待つ」

真剣に告げるユベールの姿に、また心拍数が上がった。

◆　◆　◆

馬車が自警団の基地にたどり着いた時には、マリーは疲れ切っていた。

（ユベール様のせいだわ）

あまりにも別人のような態度でこちらを翻弄してきたせいだ。

心の中で苦情を申し立てながら、マリーはユベールの手を借りて馬車から降り立った。

（これは……、そうよ。落差があまりにも酷いから、一時的に錯覚しているだけよ）

たとえば犯罪者が改心したら、すごくいい人になったように見えるのと同じようなものだ。

だが、いくら改心しようが罪を犯したという事実は消えない。それと同じで、自分もユベールにされたことを忘れてはいけない。マリーは自分を戒めた。


魔の森の近くに設置された自警団の基地は、春と秋の討伐の時に使われるだけでなく、団員が常駐して、森の監視や観測を行う拠点にもなっている。

マリーは、ユベールと一緒に先に到着していたラトウィッジ侯爵夫妻の元へと向かった。

シャールとエレノアは、団長オスカーと一緒にいた。

そこで聞かされたのはユトナ村の惨状だ。

村は正視できる状態ではなく、生存者はたった五人しか見つからなかったらしい。

「村を襲った特異種ですが……生き残った者の証言によると魔人の可能性があります。それも、恐らく元村人が変異したものではないかと……」

オスカーが発言すると、場の雰囲気が一気に重たくなった。

凝ったマナはごく稀に人を魔物へと変える。そうして生まれた者を魔人と呼ぶ。人の知識と理性を残したまま魔物化した魔人は、魔物の中でも特に強力だった。

しかし人が魔人になるには、数か月という単位で、魔の森のような魔力溜まりで濃密なマナに晒され続ける必要がある。

だが、魔力溜まりはどこも魔物の巣窟だ。魔人化するまでの長い期間をそこで過ごすのは、戦闘訓練を受けた貴族ならともかく、普通の人間にはまず不可能である。

そして、魔法の使い手である貴族はまず魔人化しない。魔法を使うために体に刻み込まれた魔力回路によって、体内に取り込まれたマナは、飽和する前に排出されるようになっているからだ。

アライン王国では、囚人や捕虜を使って魔人を作る研究が行われた時期があった。

人がどれくらいのマナに晒されたら魔人化するのかは、当時行われた様々な実験によって判明している。

なお、この研究は、最終的にどんな人間でも魔人化させる魔道具を生み出したが、同時にとんでもない災厄をもたらしたため、現在では厳重に封印されている。

「ここ最近のマナの乱れが影響したのか、それとも別の要因があるのか……」

シャールのつぶやきに答える者はいなかった。

◆　◆　◆

「二十年前まではこんなに苦しくなかったんだがなぁ……」

大人達がそう口にするのを、セレストは物心ついてから何度も聞いて育ってきた。

前の村長が亡くなって代替わりしてから、村の雰囲気が一変したのは幼心にも覚えている。

ユトナ村の村長は実質世襲制だ。次の村長になったのは前村長の息子だった。

実際は領主に任命されて初めてその地位が得られるが、村でも有数の大地主で人格者だった前村長の長男でもあったので、簡単に認められてしまった。

新しい村長は父親と違って小作料の取り立てに厳しかった。

天候が悪くても、魔物に農地が荒らされても、定められた額を絶対に納めなければいけなくて、そのせいでセレストの家はいつもカツカツだった。

領主であるラトウィッジ侯爵に訴えることはできなかった。村人達が気が付いた時には、村には村長を中心とした小さな独裁国家ができていたからだ。

まず、村長は領主から派遣されてくる徴税官を抱き込んだ。その上で小作料の滞納を盾に取り、村人同士が相互に監視し合う密告制度を作り出した。

領主に訴えようとする者を告発すれば小作料が免除される。そういう仕組みを作り出し、ユトナ村を蟻地獄のような村へと変えてしまった。

村長の息子のニールは、そんな村長の元で育ったせいか、酷い乱暴者だった。

思い通りにいかないと、すぐに暴れて手が付けられなくなる。権力者の息子だから誰も逆らえない。

セレストは器量に恵まれなかったことが幸いし、あまり絡まれなかったが、村でも一、二を争う美少女だったジャンヌは可哀想だった。

何度も何度もニールに絡まれて難癖をつけられて――セレストは一番の親友だったのに、愚痴を聞いてあげることしかできなかった。

成人した今なら何となくわかる。ニールはジャンヌの気を引きたくて、ことさら彼女に突っかかっていたのだろう。

思春期に入ると、ニールの行動は露骨に酷くなっていった。物陰に連れ込もうとしたり、彼女の胸を人前で鷲掴みにしたり――結果的に彼からの性的な嫌がらせに耐えきれなくなったジャンヌは、誰にも行き先を告げず、村から姿を消した。

あとから知ったのだが、村長からニールの妾《めかけ》になれという強要があったそうだ。

ニールは、隣町の商家の娘との縁談が進んでいた。日陰者として囲われろというのだから酷い話である。

だが、ジャンヌがニールを拒否して逃げたせいで村長は激怒し、彼女の両親への締め付けを強めた。

ジャンヌが逃げ出した二年後の冬、村長から難癖を付けられ、村ぐるみで奴隷まがいの扱いを受けていたジャンヌの両親は、揃って首を吊った。

——だからセレストは、ジャンヌの顔を持った魔物が村に現れた時、彼女が復讐をしに戻ってきたのだと思った。


その魔物は、胸までが人で、そこから下は鳥の姿をした半人半鳥の化物だった。

神話に出てくる妖鳥ハーピーを連想させる外見で、ジャンヌの髪と同じ漆黒の羽毛に覆われていた。

漆黒の魔人《まじん》は、上空からずっとその機会を窺っていたのか、ニールが自宅から外に出た瞬間を狙い、一直線に舞い降りると、彼をまず血祭りに上げた。

頸《くび》があらぬ方向に曲がり、明らかに絶命したニールの体を鋭い鉤爪《かぎづめ》で掴むと、魔人は上空に舞い上がり、村で一番背の高い建物である礼拝堂の尖塔に突き刺した。

その光景は見せしめのようであり、百舌鳥《もず》の早贄《はやにえ》のようでもあった。

当時、洗濯をしていたセレストは、その一部始終を他の村人と一緒に井戸端で目撃した。

誰かが悲鳴を上げた。それからの村人の行動は多種多様だった。

逃げる者、子供を抱き寄せる者、硬直する者……

セレストは恐怖のあまりその場にへたり込んだ。

魔人が再び地上に舞い降りた。と、同時に暴風が吹きすさび、血の雨が降った。

殺戮をもたらす漆黒の御使いは、舞い降りる度に一人、また一人と村人を順に屠っていった。

そしてついにセレストの番が来た。風の刃がセレストの肩口をすっぱりと斬り裂いた。

右肩が燃えるように熱かった。

(私、ここで死ぬのね)

セレストは覚悟を決めた。

だが、その直後——

「せ……レす、と……?」

ハーピーの動きが止まり、しわがれた声がセレストの名を紡いだ。

——ジャンヌだ。

セレストはこの化物が、やはり友人の成れの果てなのだと思った。

◆　◆　◆

生存者の一人であるユトナ村の女性・セレストの証言を聞いて、シャールは苦虫を嚙み潰したような表情を浮かべた。

「ユトナ村がまさかそんな状態になっていたとは……」

明らかに領主であるシャールの失策であった。

残りの生存者は、たまたま礼拝堂の地下で遊んでいたために難を逃れた村の子供達だった。

「半人半鳥の魔人は風の魔法を使うようで、村中がズタズタに斬り裂かれていました。魔人は村で一通り暴れたら満足したのか、森に戻ったようです。ところどころ木の上に、村人の遺体が早贄《はやにえ》のように突き刺さっていて……」

実際に村に向かった団員が、言葉を詰まらせた。

さぞかし惨《むご》たらしい様子だったのだろう。想像するだけでも鳥肌が立つ。

「魔法を使う魔人か……」

シャールは難しい顔をした。

「父上、マリーを帰らせてはいけませんか？　魔人は予想外過ぎます」

ユベールの発言にマリーは目を見張った。

「そうね、マリーちゃんとユベールはまだ正式に結婚した訳ではないもの」

エレノアも同意した。

「……こんな大変そうな状況なのに、帰るなんてできません」

「残ってくれたらうちは助かるけど……。いいの？　もしかしたら、今までよりももっと重傷の人を診てもらうことになるかも……」

「本当は怖いです……」

かつて貴族を元に人為的に作られた魔人は、国土の半分を焦土にし、魔王と呼ばれる存在になった。

今回は平民の女性が変異した魔人なので、さすがにそこまでではないと思うが、いったいどれほど危険なのか想像がつかない。

「何かあったらすぐに転移の魔道具を使って逃げてね。よそのお嬢さんをうちの事情に巻き込んで、怪我をさせる訳にはいかないから」

「はい、私も自分の身が可愛いのでそうさせていただきます」

マリーの発言を聞いてエレノアは頷いた。

◆
◆
◆

魔人狩りは、翌日の早朝から行うと決まったので、今日はこのまま基地内に泊まることになった。

マリーに割り当てられた部屋は、最低限の家具だけを置いた簡素な部屋で、女学校時代を過ごした寄宿舎に似ていた。

部屋で一人になったマリーは通信魔法の術式を組むと、座標をルカリオに指定して、魔力でできた鳥を窓から飛ばした。

三十分後くらいだろうか。ルカリオから応答があった。

「マリーか？　大変なことに巻き込まれてしまったね」

通信魔法は魔力の鳥が相手の元に到着し、相手が迎え入れたら繋がるようになっている。

「お父様、私は協力しようと思います。このままこちらに滞在しますが、よろしいでしょうか？」

「シャール殿から既に連絡はいただいているよ。良いか悪いかで言ったら良くないかな。娘が危ないことに首を突っ込んでいるんだから……」

ルカリオの返事はため息混じりだった。

「何かあった時は躊躇せず逃げなさい。何よりも自分を優先すること。それを約束してくれるなら、私は何も言わない」

「はい。侯爵家の方々にもそう宣言してあります。しっかり恩を売りつけておきますので、あとからきっちりと取り立ててください」

「マリーは私より商魂たくましいね……。もちろんそのつもりだけど、ラトウィッジ侯爵家より、中堅どころの伯爵家辺りと縁付いてくれた方が良かったよ……」

「伯爵家でも領主貴族じゃないですか……。私は同格の宮廷貴族か、どこかの商家が良かったんですけど……」

領主貴族——基本は伯爵位以上の領地持ちの貴族を指すので、高位貴族と言い換えることもできる——の場合、ラトウィッジ侯爵家ほどの頻度ではないにしても、魔物が発生したら領地を守るために駆除しなければならない。

矢面に立つのは領主だが、夫人にはその後方支援が求められる。

一方で領地を持たない宮廷貴族は気楽だ。

宮廷貴族は、官僚や軍人、富裕層のうち、国への貢献が認められて叙爵された者をさす言葉である。

爵位を維持するために相応の貢献が継続して求められるが、少なくとも大規模な災厄や戦争が起こらない限り、魔力を使うような事態にはならない。

「宮廷貴族や商家は無理かなあ。ラトウィッジ侯爵家から話が来なかったとしても、たぶんどこかの領主貴族から申し込みが来ていたと思うよ」

「そんな……」

言葉に詰まったマリーに対して、ルカリオは苦笑いした。

「貴族の血統管理の法則は知ってるよね？　うちは薄め液として魅力的な家柄なんだよね、残念ながら」

確かにその通りだ。ルカリオの言葉にマリーは肩を落とした。

魔力の維持のため、基本、高位貴族は高位貴族同士で婚姻を繰り返すが、それがずっと続くと血が濃くなり過ぎて差し障りが出てくる。

だから何代かに一度は下位貴族や魔力の高い平民を、血を薄めるために迎え入れなければならないと決まっている。

「だからファルナに入れたんだよ。あそこは魔法教育に定評があるからね」

マリーが卒業した聖ファルナ女学院は、主に領主貴族の子女が通う、男子のロイヤル・カレッジに相当する名門だ。良妻賢母の育成を目的とする学校として知られている。

「……初めて聞きました。お父様はお母様の母校だからという理由で、私にファルナを勧めたではありませんか。そういう思惑もあったんですか？」

「うん。お嫁に行ったあとに苦労してほしくなかったからね。ユベール君に思うところはあるだろうけど、マリーが手伝うと決めたのなら仕方ないね。明日は私も支援物資を持ってそちらに行くよ」

「お父様もいらっしゃるんですか？」

「ああ、恩は売れる時に売っておかないとね」

通信魔法では相手の顔は見えない。

だが、ルカリオが悪い笑みを浮かべている姿がマリーには想像できた。

◆　◆　◆

翌日の早朝、マリーは欠伸《あくび》を噛み殺しながら宿舎を出た。

基地の広場では、既に自警団員が忙しそうに立ち働いている。

マリーはいつもの討伐の時のように救護用の天幕へと向かった。

その途中でユベールと会った。彼はマリーの顔を見ると駆け寄ってきた。

「マリー、顔が酷い」

そう声をかけた直後、彼はハッとした表情をした。

「違うんだ、顔が悪いという意味ではなくて、目の下に隈《くま》が……。眠れなかったのか？」

「そうですね、あまり……」

（もしかしたらこれまでも、こんな感じで何か色々と言葉が足りていなかっただけなの……？）

ふと、そんな考えが頭の中をよぎる。

「あなたのせいです」

そうマリーが告げると、ユベールは固まった。

マリーは小さく息をつくと、白衣のポケットから護符《アミュレット》を取り出して彼に差し出した。この国には昔から、出陣する兵士に手作りの護符を渡す風習がある。

「……俺に？」

「護りの魔法を込めておきました。時間に限りがあったので、そんなに強い魔法ではないんですけど……」

「ありがとう」

微笑みながら受け取ったユベールに、マリーは思わず目を奪われた。

無駄に顔が良いせいだ。破壊力がすごい。

「これを作ってたせいで寝不足なのか？」

「……そうです」

嘘だ。本当は、婚姻契約のことを考えていたせいで眠れなかった。

高い魔力と戦闘能力を持つユベールは、まず間違いなく魔人を狩る班に配属される。

どれくらい強いのかわからない敵と対峙するのだ。婚姻契約によって得られる副属性と魔力は確実に役に立つ。

だけど、ちょっと好きだと言われたくらいで、婚姻契約を考えるなんて馬鹿みたいだとも思った。

（この人といやらしいことをしなければいけないのよ……）

そして婚姻契約を結んだら簡単には解除できない。どちらかが死ぬか、両方が合意して特別な儀式をする必要がある。

ユベールのあの様子だと、一度婚姻契約を結んだら、恐らく死ぬまで解放しないだろう。

（何で私がそこまでしなくちゃいけないの！）

だけど、今のままの勢いでずっと求められたら、きっと抗いきれない。

そんな予感を覚えてしまう自分が許せなくて、マリーの心はぐちゃぐちゃになった。

こんな心理状態になっている時点で、既に自分はユベールに惹かれつつあるのだろう。それならば、出立前に婚姻契約をしてもいいのではないか――

葛藤したけれど、結局勇気が出せなくて、もやもやとする気持ちを誤魔化すために裁縫道具を借りて護符を作った。

完成しても眠れなくて、気が付いたら明け方になっていた。――これが寝不足の真相である。

「夜這いをかけるかどうかで迷っていました」なんて口が裂けても言えない。マリーはユベールの視線から逃れるために目を逸らした。

「無事に帰ってきてください。あなたに何かあればご両親が悲しみます」

「ああ、絶対に戻ってくる」

ユベールは微笑むと、マリーが手渡した護符に口付けた。

その直後、鐘の音が鳴った。夜明けを知らせるものだ。

「そろそろ行かないと」

「はい、ご武運をお祈りしております」

マリーは一礼すると、ユベールを見送った。

その直後だった。

「もしかして、ちょっとだけユベール君と仲良くなった？　マリー」

背後から声をかけられて振り返ったマリーは、大きく目を見開いた。

「お父様！　それにミラも。いらしてたんですか？」

ルカリオと、少し怖い顔をしたミラがそこに立っていた。

「支援物資を届けにね」

「私は、少しでも女手が助けになればと思いまして」

そう答えたミラは、いつも通りだった。怖い顔をしていたように見えたが、気のせいだったかもしれない。

「私はシャール殿と話があるからもう行くけど、マリー、今日はしっかり頑張るんだよ」

「はい、お父様も」

ルカリオはマリーの頭をくしゃりと掻き回すと去っていった。

「あの……お嬢様……」

ルカリオを見送っていたら、ミラが躊躇いがちに声をかけてきた。

「先程はユベール様と、大変親密にお話しされていたように見受けられましたが……？」

「そうね、以前ほど嫌いではなくなっているかも……。好きでもないけど……」

「まさか絆《ほだ》されかけていらっしゃるのでは……？」

「そっ！　そんなことないわよ！」

マリーは慌てて否定した。

「されたことは忘れてない。……でも、ユベール様と結婚するのは悪くないかもとは、ちょっと思ってるかも……」

「申し訳ありませんが、私には、何故お嬢様がそういう結論に至ったのか理解できないのですが……」

ミラは顔をしかめて尋ねてきた。

「だって、よく考えたら条件は悪くないのよ。侯爵家の方々も自警団の方も、みんな私に良くしてくださるし……、侯爵家は名門でお金持ちだし……。ユベール様にはご兄弟もいないから、婚家の人間関係で悩まされることはなさそうでしょう？」

「確かにそれはそうですね……。強《し》いて言えばエレノア様の過干渉が心配ですが、マリー様を虐《いじ》めることはなさそうです」

「そうなのよ！　ユベール様だけが無理だったんだけど、好きだったと言われてからは態度が変わったの。私に対して下手に出て……」

「……襲われたとおっしゃっていませんでしたか？」

「抵抗したらやめてくれたわ。私の気持ちが欲しいから待つとおっしゃって。それからずっと私の顔色を窺ってくるのよ。あの様子だと、結婚した場合、ずっと私が優位に立てるのではないかと思うのよね」

「それは……そうかもしれませんが……」

ミラは更に難しい顔をした。

「ユベール様やエレノア様が私にこだわっていらっしゃる限り、婚約の解消は難しいでしょう？　なら、ユベール様で妥協してもいいのではないかなって……」

マリーの発言を聞いていたミラは深いため息をついた。

そんな彼女の態度に、マリーは自分が間違っているような気がして不安を覚えた。

「……確かにお嬢様のおっしゃる通りかもしれません。ですが、私はユベール様をどうしても良く思えないんですよね……」

「そうよね、ミラにはたくさん愚痴を聞いてもらったもの……」

「まさか数々の幼稚な行動の裏に好意があったとは……。だとしたら、私はなんてことを……。猛獣に餌を与えたようなもの……」

うつむいてぶつぶつとつぶやき始めたミラに、マリーは首を傾げた。

「ミラ、何を言っているの？」

マリーが声をかけると、ミラはハッと顔を上げた。

「何でもありません！　その、どのような選択をされても、私はお嬢様の味方ですから！」

ビクリとしたミラは、慌てた表情でそう告げた。

「知っているわ。ミラ、大好きよ」

マリーはミラにそう告げて微笑んだ。

◆　◆　◆

いつまでも立ち話をしてはいられなかった。

マリーは物資の仕分けを手伝うというミラと別れると、救護用の天幕へと向かった。

すると、中にいたエレノアと目が合った。

「マリーちゃん！」

エレノアは明るい顔でこちらに声をかけてきた。

天幕の中の人数はいつもより少ない。

侯爵家の縁者はクラリスというシャールの弟の妻がいるだけだ。

「今回、クラリス様以外のご親戚の方はいらっしゃらないんですか？」

「そうなのよ、どうしても都合がつかないみたいで。だから、マリーちゃんが参加してくれて本当に助かっているの。コートニー子爵にも大きな借りができてしまったわ」

エレノアは眉を下げた。

自警団には、王都の士官学校から引き抜いてきた貴族出身者がおり、その家族の女性達が医療担当者として参加しているが、いつも手伝いに来るシャールの妹二人が不参加なのはかなり痛い。

単なる外傷ならともかく、骨や内臓を修復するような高度な治癒魔法は、マリーの通っていた聖ファルナ女学院のような相応の教育機関で学ばないと習得できない。

今、天幕の中にいる女性達では無理だ。

重傷者が出た場合、マリーに回ってくる可能性がかなり高かった。最近ではかなり魔力の制御は上達してはいるものの不安である。緊張で胃の辺りが痛み出した。

「マリーちゃん、自分にできることだけをすればいいのよ。それ以上のことはしなくていい。今回は、完治させるよりも、命を繋ぐ治療を心がけましょう。その方向でいくと皆にも周知しているから」

エレノアの言葉にマリーは頷いた。

——とはいえ、一人目の怪我人が運び込まれるまでは天幕の中は暇である。

「ねえ、もしかしてユベールと少し仲良くなった？」

エレノアから好奇心いっぱいに質問されて、マリーは気まずさから目を逸らした。

（わかるわよね。あの人、露骨に態度が違うもの……）

態度が違うのはマリーも同じかもしれない。

これまでは侯爵家との関係を悪化させないよう、内心腸《はらわた》が煮えくり返っていても無表情を貫いていたが、ユベールの態度がいちいちおかしいせいでこちらの感情の乱高下も激しくなっていた。

「そうですね、少し色々あって……」

マリーの返事を聞いて、エレノアはぱあっと顔を輝かせた。

「良かった。あなた達、お互いに尊重し合ってはいたようだけど、ちょっとよそよそしかったでしょう？　少し心配していたのよ」

ユベールはエレノアの前では外面を取り繕っていた。マリーもそれに合わせていたから、そこには認識のズレがあるようだ。

どう答えていいかわからなくて、マリーは曖昧に微笑んだ。

エレノアに一応謝っておくべきだろうか。だが、自分から言うのは恥ずかしい。

（婚姻契約もできなかったし……）

ためらっていると、ひょっこりとクラリスが顔を出した。

「楽しそうなお話をなさっていますね。私も混ぜてほしいです」

こちらも興味津々である。年長の女性二人からわくわくした目を向けられて、マリーは思わず身を引いた。

「政略結婚からの始まりでも、気が付いたら情が湧いていて、ちゃんとした夫婦になったりしますけれど、早いうちから良い関係になるに越したことはないですからね」

シャールからの熱烈なアプローチで結婚に至ったエレノアと違って、クラリスは完全なる政略結婚で嫁いで来たらしい。マリーと同じで、婚約の話が出てから相手の顔を知ったそうだ。

彼女は、ラトウィッジ侯爵家に外から入る苦労を知っている人物でもある。だから色々と相談に乗ってもらったが、それでも由緒正しい伯爵家の出身だ。家柄が原因で軽んじられたことはないはずなので、本当の意味ではマリーの気持ちはわからない。

「そうですね」

心の中に苦いものが湧き上がるのを感じながら、マリーは相槌を打った。

(ユベール様といるのは、陰口を叩かれるから嫌というのもあるのよね……)

社交界ではエレノアが睨みをきかせているから、堂々とは立ち向かってはこないけれど、とやかく言ってくる人は、聞こえるか聞こえないかのギリギリの大きさの声で内緒話をするのが非常に上手いので、耳にすると精神的に疲弊する。

マリーは気にしていない素振りを装っているが、それは性格の悪い人達を図に乗らせたくないだけだ。傷ついていない訳ではない。

(だけど、不幸にはならないのかも……?)

ユベールはマリーを望んでくれていた。

少し暴走しかけはしたが、今のところはマリーの気持ちを尊重している。

あれだけ強い感情を自分に対して抱いているのなら、大切にしてくれるのではないだろうか。

(やだ、私、また前向きに考えてる……)

自分の気持ちが自分でわからなくて、マリーは何度目になるのかわからないため息をついた。

第五章　深き森の奥へ

今回の臨時討伐では、マリーが予想した通り、ユベールはシャールが率いる魔人を狩る班に配属された。

こういう事態に対処するために王族、そして貴族が存在している。参加者の魔力量を考えたら順当だった。

自警団の他の団員は、シャールの班の魔力消費を抑えるために、魔人に至る道を切り開くのが役目だ。

討伐に出た団員は、各自、短距離転移の魔法が込められた魔道具を持って出撃している。怪我人が出た場合は、この魔道具を使って一旦基地に戻ることになっていた。

転移は、ほんの百年ほど前に開発された魔法である。

そのおかげで生活の利便性は大きく向上したし、討伐のやり方も革命的に変わった。

この魔法が開発される前は女性も討伐に同行し、魔物の討伐に携わる者の死亡率も、ずっと高かった。

（ユベール様、大丈夫かしら……）

魔力回復薬を飲み下しながら、マリーは不安に顔を曇らせた。

魔の森は、魔人が発生した影響で魔物が活性化しているようで、次々と怪我人が運び込まれて来る。

参加者がいつもより少ないことも影響しているかもしれないが、今までに比べると、怪我人の数も怪我の度合いも明らかに違う。

そのせいで、マリーはずっと薬で魔力を補充しながら治癒魔法を使い続けていた。

魔力回復薬は飲みやすいように甘い味で作られているが、大量に飲むと飽きてくる。

胃から直接魔力器官に魔力を供給するような仕組みになっていて、お腹にはたまらないから大量に飲んでも体に支障は出ないが、そろそろ辛くなってきた。

マリーは口直しのためにミント味の飴を口に含むと、こっそりと顔をしかめた。

だが、即座に思い直して自分を恥じる。

(ううん、私よりも大変なのは森に入っている人達だわ)

安全圏にいるマリーと違って、自警団の人々は命懸けだ。

(お怪我がなければいいんだけど……)

再びユベールの姿が頭に浮かんで、マリーはそんな自分に驚いた。

(やだ、何であの人のことなんか……!)

「マリー様」

動揺していたら、処置を担当する女性に声をかけられ、体が跳ねた。

「次の治療をお願いします」

「えっと、はい！　ごめんなさい、ぼんやりしていました」

「大丈夫ですか？　お疲れなのでは……？」

「平気です。問題ないので次の人を運んでください」

慌てて誤魔化すと、中年の団員が担架に乗せられて運び込まれてきた。

あらかじめ投与された麻痺の錬金薬が効いているのか、彼は静かに眠っていた。

血縁者や配偶者以外に治癒魔法をかけると強い苦痛をもたらすため、事前にこういう処置がされている。

受傷箇所は脚だった。右脚の脛《すね》がちぎれかけている。

止血が施され、正常な位置になるように整えられてはいるが、まだ鮮血が流れ出ているし、白い骨が露出している。

マリーは唇を引き結ぶと、患部に手を当て、慎重に治癒力に変換した魔力を流し込んだ。

止血や骨折の整復など、治癒魔法をかける前の処置は専門知識のある医療要員がやってくれる。

だからマリーのところに運ばれてくる怪我人は、相応の処置が既に終わっている。

それでも見るに堪《た》えない状態なので、ユベールとの婚約が成立して参加した初めての討伐の時は、吐き気や恐怖との戦いだった。またその時は魔力制御が未熟で、怪我人に無駄に苦しみを与えてしまったことも苦い思い出になっている。

最近では、無残な状態の怪我人や遺体を見ても何も思わなくなったけれど、心が麻痺しているだけのような気がする。

（早く治りますように）

マリーは祈りながら、慎重に魔力を流した。

いくら麻痺薬を使っているとはいえ、急激に魔力を流すのは体に毒なのだ。

怪我人の数に対して治癒魔法の使い手が不足している状況だから、かなり辛い。

でも、今一番辛いのは怪我人なのだ。マリーは必死に目の前の患者を癒した。

◆　◆　◆

（少し落ち着いたかしら……）

夕方近くになり、怪我人の数が減ってきたので、マリーはふうっと息をついた。

だが、それは嵐の前の静けさだった。

天幕の外がザワザワしたかと思ったら、ユベールに似た顔立ちの青年が飛び込んできた。

ジョエルという名の彼は、ユベールの従兄である。確かエレノアの姉の息子だ。

「叔母上！　クラリス殿！　治療をお願いします！　急いでください！」

彼が叫んだ直後、運び込まれてきた人物の姿に天幕内は凍りついた。

「あなた！　ユベール!!」

エレノアが悲鳴を上げた。

担架に載せられ、運び込まれてきたのはユベールとシャールの二人だった。

ユベールは上半身全体が真っ赤で、シャールは禍々しい黒い靄《もや》に全身を包み込まれている。二人とも一目で深刻なのがわかる状態だ。

「いったい何があったの!?」

「魔人は倒したのですが、倒れる直前に叔父上に怪しい魔道具を……。叔父上の胸にある魔道具は、人を魔人化させる可能性があります！　ユベールは叔父上の攻撃を受けて……！」

ジョエルが悲痛な声で答えた。

「……呪いに近い印象ですね。王都の研究機関に運んだ方がいいかもしれません」

そう告げたのはクラリスだった。

周囲の人間が動揺する中、彼女はシャールの傍に跪《ひざまず》き、冷静な目で彼の様子を検分していた。

エレノアの顔つきが変わった。腹を括った表情だ。

「呪詛なら、治癒魔法で進行を抑えられるかもしれない」

エレノアはシャールの傍に移動すると魔力を流した。

すると体を覆っている黒い靄《もや》が薄れ、胸の中央、魔力器官の辺りに、魔道具の部品らしきものが突き刺さっているのが見えた。

「やっぱり抑えられるみたい……。すぐ王都に運びましょう。クラリス、一緒に来て！　ユベールはマリーちゃんに任せるわ！」

「待ってください！　ユベール様はクラリス様に対応していただいた方が……」

マリーは慌てた。

重傷者には親族が治癒にあたるのが基本である。

クラリスはユベールの叔父と婚姻契約を結んでいる。ユベールとの魔力の親和性は、エレノアほどではなくてもかなり高いはずだ。

「シャールへの魔道具の侵食を防ぐ方が重要よ！　これがもし、本当に人を魔人化させるものだったとしたら……この人が魔人になったら大変なことになる!!」

（魔王……）

かつて人為的に魔人を作り出す研究が生み出した災厄の名が、頭の中に浮かび上がった。

その正体は、困窮して人体実験に自分の身を差し出した下位貴族だったと言われている。

高位貴族のシャールが魔人化したら、その時以上の被害をもたらす可能性がある。エレノアの言う通り、何が起こるかわからない。

「この黒い靄《もや》を抑えようと思ったら、かなり強い魔力を流し続けないといけないの。私の魔力が残り少なくなった時に備えて補助する人が必要だわ。だからマリーちゃん、ユベールの治療はあなたにお願いするしか……」

エレノアの表情は苦しげだった。

貴族として何を優先すべきなのか。それはマリーにもわかっていた。

このやり取りの間にも、医療要員の女性がユベールに麻痺薬を投与し、服を斬り裂いて患部をあらわにしていた。

マリーは腹を括ると、横たわっているユベールの傍に移動して胴体に手をかざした。

ユベールの状態はかなり酷かった。

全身に傷があるが、特に、下腹部から左の胸元にかけてが致命的だ。大きく肉が抉《えぐ》り取られ、鮮血が溢れ出している。

(こんな酷い傷、私に助けられるの……？)

マリーは半泣きになりながら魔力を流した。視界の端に、シャールと一緒にエレノア達が慌ただしく出ていくのが見えた。

ユベールの傷は、範囲が広いだけでなく深い。内臓にも達しているのではないだろうか。

(お父様かグエンの傷だったら絶対に治せるのに……！)

他人のユベールには、様子を見ながら慎重に魔力を流すしかないのがもどかしい。

(婚姻契約をしておけば……)

そんな考えが頭の中でちらついた。

もったいぶらずに昨日のうちにしておけば良かった。

ううん、どうして私がこの人に『初めて』を捧げなければいけないの？

でも、自分の純潔と彼の命、秤にかけたら彼の命の方が重い。

だけど、婚姻契約は一度結んだら簡単には解消できない。

――本当に良いの？

将来的に結婚するのが確定なら、した方が良かった気がする。

――本当に？

本気になれば逃げられない訳ではない。家を捨ててしまえばいい。家族も商会も知ったことか。父の庇護下で生きてきた自分が、何もかも捨てて逃げ出してまともに生活できるかは不安だけど、人間、死ぬ気になれば何だってできるはずだ。

――それをしないのは何故？　ユベールに絆《ほだ》されかけているから？

魔力を注ぐ間にも、色々な考えが頭の中をよぎり、マリーの感情はぐちゃぐちゃに乱れた。感情の揺れは魔力の揺らぎに繋がる。

「ぐっ……」

ユベールが眉を寄せて苦悶の呻《うめ》き声を上げたので、マリーは目を見張った。

（いけない！）

こんな状態の怪我人に魔力を流し過ぎたら――

「麻痺薬を追加して！」

マリーは傍にいた医療要員の女性に指示を出した。

「む、無理です！　今日は予想外に大量の怪我人が出て、先程ユベール様に投与したのが最後の一本でした。コートニー子爵に相談して手配はお願いしているのですが……届くのはいつになるか……」

その返答にマリーは青ざめた。

(どうしよう……)

魔力の制御を誤ったせいで、麻痺薬の効果が切れかけている。

だが、魔力を流すのをやめることはできない。ユベールは、いつ冥府に招かれてもおかしくないような大怪我を負っているのだ。

「ぅ……ま、りー……?」

ユベールの目がうっすらと開き、かすれた声がマリーを呼んだ。

「ごめんなさい、苦しいですよね。私が制御を誤ったから、麻痺薬の効果が……」

「マリーの、まりょく、なら、へ……き……」

ユベールの顔は真っ青で、唇は紫になっていた。

生命力がどんどん弱くなっているのが、指先から伝わってくる。

彼を現世に繋ぎ止めるには、もっと強く治癒の魔力を流すしかない。

だけど、魔力を強く流し過ぎると、耐えがたい苦痛のために死に至る可能性がある。

(何もせずに死なせるよりは、賭けた方が良いの……?)

マリーは逡巡した。するとユベールが激しく咳き込んで血を吐いた。

(迷っている時間はない)

マリーは唇を噛むと、彼に注ぐ魔力量を上げる。

(神様、まだこの人を連れて行かないで……!)

マリーは死を司る夜の女神に祈りながら、自分の中の全ての魔力をユベールに注ぎこんだ。

◆　◆　◆

——暖かいものが体の中に流れ込んでくる。
ユベールは心地良いぬくもりに、闇の中から引き戻された。
重い目蓋を上げると、霞む視界の中にマリーの姿が見えた。
彼女は今にも泣き出しそうな顔をしながらユベールに魔力を注いでいる。
(助かったのか……？)
それとも、夢を見ているのだろうか。
「ごめんなさい、苦しいですよね。私が制御を誤ったから、麻痺薬の効果が……」
「マリーの、まりょく、なら、へ……き……」
やけに寒い。血を失いすぎたせいだろうか。意識が朦朧とする。
体に注がれるマリーの魔力がやけに温かかった。
これがもっと欲しい。もっと強く——
そう感じるのは魔力相性のせいだろうか。
体が思うように動かなくて伝えられない。
喉の奥から何かが込み上げて、溢れた。

息ができなくて苦しい。目の前がくらくらする。

やがて、ユベールの意識は再び闇の中に沈み込んでいった。

◆　◆　◆

気が付いたら、森の中を歩いていた。樅《もみ》を中心とした、背の高い針葉樹で構成された森は昼間でも薄暗く、不気味な雰囲気だった。

（――魔の森だ）

見覚えのある風景にユベールは確信した。そして、これが夢であることも。

自分の目の前にはシャールとリュカが、隣には従兄のジョエルの姿がある。

ユベールは、その顔ぶれに、魔人を狩る様子を夢に見ているのだと理解した。

高位貴族三人に探知役のリュカ。

空を飛び、風魔法を操るという魔人を相手取るために選抜された人員である。

接近戦ではなく、魔法の撃ち合いになる可能性が高いので、この編成になった。

もっと日数をかけて準備すれば、親戚の手を借りられたが、それを待っている余裕はなかった。

悠長に待っていれば、魔の森に渦巻くマナを吸収して魔人はより強くなる。魔人は今日が一番弱いのだ。

討伐中に何かがあった時のために、一人は残っておかなければいけない。クラリスの夫である叔父にその役目を任せ、ユベールはシャールと一緒に森に入った。

森の中は一応道はあるが馬は使えない。濃密なマナに怯えて使い物にならないのだ。また道があるとは言っても、しっかりと整備されている訳ではないので、ところどころ倒木や崩れた岩で塞《ふさ》がれて、魔法でそれを退《ど》かしながら進まなければならなかった。移動だけでも体力を削られる。

「やだなあ……相当強いですよ、この魔人。これまでに感じたことのない魔力の気配です」

リュカがつぶやいた。

「そうか」

相槌を打ったシャールに、リュカはじっとりとした目を向けた。

「俺の役目は道案内だけですよね？　魔人とぶつかる前に帰っていいんですよね？」

「さすがにお前に魔人とやり合えとは言わん。むしろ足手まといになるかもしれんからな……。案内が済んだら魔道具で帰っていいぞ」

「それならいいんですけど……。自分の有能さが憎い……」

リュカは、誰よりも高い探知能力を買われてこの班に配属された。

特別手当が上乗せされるとはいえ、彼からしたらたまったものではないだろう。

「俺、新婚なんですよ。ちゃんと嫁のところに帰りたいんですよ」

「あんまりそういうことは言わない方がいい。戦記物では、その手の発言をする奴は戦死しがちだ」

「やなこと言わないでくださいよ」

リュカは盛大に顔をしかめた。

「……あのリュカって奴、すごいな。叔父上にあんな物言いをするなんて」

リュカとシャールのやり取りを見ていたジョエルがぼそりとつぶやいた。ユベールも同感だった。

素朴な見た目で、どこにでもいそうな顔の若者だが、リュカには不思議な愛嬌があり、誰からも可愛がられるという特技を持っている。

要領が良く、気立ても良いと評判の美女をちゃっかりとものにしたり、シャールだけでなく、自警団の上役とも冗談を言い合っている姿を見ると、自分にはないものを持っている彼が羨ましくなる。

ユベールの容貌は整っているともてはやされる一方で、初対面の人間に威圧感を与えるらしい。またあまり人と話すのが得意ではないので、リュカのように、簡単に他人の心の中に入り込むのは無理だ。

彼のようだったら、もっと生きやすかっただろうに。マリーとの関係も違っていたはずだ。

ユベールはこっそりとため息をついた。

「浮かない顔だな。お前も可愛い婚約者が森の外で待ってるもんな」

暗い表情をジョエルに見とがめられた。

彼はエレノアの姉の息子である。

ユベールより八歳年上の彼は、フェイン伯爵家の次男で、普段は当主の兄を助けて、領地管理に携わっている。

生まれ持った属性が風なので、魔人の風魔法対策に協力を頼んだ。副属性も風なので、国内でも有数の使い手である。

一人っ子のユベールにとって、ジョエルは兄のような存在だった。

「あの婚約者とはどうなってんの？　出発前に何か貰ってたよな」

「マリーからは護符を貰いました」

「へえ……。あんまり上手くいってなさそうだったのに」

ジョエルは目を丸くした。彼には、マリーとの婚約が成立した直後に「あんな年上の地味女は嫌だ」と愚痴を漏らしたことがある。

「……以前の発言は撤回します。俺は子供でした」

「ふうん……」

ジョエルは意味深な目を向けてきた。

「あの子、猫っぽくて普通に可愛いからな。そうなると思ったよ」

マリーが可愛いのは同意するが、ジョエルの発言は面白くなかった。

彼女の可愛らしさは自分だけが知っていればいい。

内心の感情が顔に出ていたのか、ジョエルはユベールの頭をがしがしと撫で回してきた。

「まさか、あんなにちっこかったユベールが近々結婚するとはねぇ……。俺も歳を取る訳だ」

「まだ二十代ではありませんか」

「ギリギリな」

ジョエルはわずかに顔をしかめた。

「婚約者の子、大事にしてやれよ。いい子そうじゃないか。団員達からの評判も良いし」

「ジョエルに言われるまでもなく知っています」

討伐に参加するごとに治癒魔法の技量を上げるマリーは、団員達から大人気だ。

可愛くて努力家なのだから当然だが、ユベールとしては面白くなかった。

ふと視線を感じたのでそちらを見ると、シャールが物言いたげな視線をこちらに向けていた。

婚姻契約をまだ結べていないのは、魔力の性質や量から、何も言わなくても父には筒抜けになっているはずだ。

リュカやジョエルの前ではさすがに何も言ってはこないが、責めるような視線を向けられてユベールは顔をしかめた。

「ユベール様、さっさと片付けて、お互い無事に帰りましょうね！　あー、早くナタリーのところに戻りたいな……」

リュカが新婚の妻の名前を呼んでため息をついた。空気を読まない彼のおかげで、シャールの視線が和らぐ。

「お前なぁ……、まだ森に入って半日も経ってないぞ」

呆れた顔で指摘したのはジョエルだ。

「俺はナタリーから離れたくないんです。はー、嫁が可愛過ぎてしんどい」

「……お前って新婚なんだっけ？　いつまでもそれが続けばいいけどな」

「ジョエル様のところ、上手くいってないんですか？」

「失礼な奴だな。うちは良好だが、子供が生まれたら二人きりの時とは関係が変わるんだよ」

「ナタリーと俺の子供……。生まれたら可愛いだろうなぁ……」

リュカがデレッとした顔をしたので、ジョエルは顔をしかめた。ユベールは注意喚起をする。

「ジョエル、リュカは今お花畑になっているので、結婚生活に関する話は振らない方がいいです」

「まさに後悔中だ」

ジョエルは渋い顔でつぶやいた。

その直後だった。不意にリュカが立ち止まり、上方を指さした。

「あれ、人じゃないですか？」

優秀な弓兵のリュカは目がいい。

彼の視線の先を見ると、比較的大きな木の上方の枝に、人の亡骸と思われるものが突き刺さっていた。

「魔力を感じないので遺体だと思うんですけど……」

「間違いなく人だな。服装からして、ユトナ村の村人の可能性が高いと思う」

答えたのはジョエルだ。彼は遠視の魔法を心得ている。

「早贄《はやにえ》にするって話、本当だったんですね……」

リュカは顔をしかめた。

「可哀想だが、今降ろしてやるのは無理だな」

「それまでに鳥が食い荒らさなければいいんですが……」

「野生動物なんていやしませんよ。魔人の気配が濃過ぎて、動物どころか魔物もいませんって。だから今も原型を留めた状態で残っているのかと……」

リュカの指摘に一行の空気が重くなった。言われてみればその通りで、久しく生き物の気配を感じていない。

「近付くにつれ、圧がすごいです。もう俺帰りたい……」

と言いつつも、時々立ち止まっては精神を集中させ、リュカは周囲の気配を探った。

探知魔法は貴族なら誰でも習得しているが、あとの魔人との戦闘を考えたら無駄な消耗は避けたい。そのため、探知に関してはリュカに全面的に任せることになっていた。

「……生存者がいるかも」

リュカが再び立ち止まった。

「何だって？　どこだ？」

リュカの発言にシャールが反応した。

「ここから結構近いですよ」

「魔人との距離は？」

「二百メルトってとこかな。充分あると思うんですが、助けますか？」

「ああ」

リュカの質問にシャールは頷いた。

そこから少し歩いたところで、一行は木に引っかかっている小さな人影を発見した。

「俺が行きますよ」

申し出たのはジョエルだった。

彼は飛翔の魔法を使い、ふわりと舞い上がった。

風属性は使い勝手が良いので少し羨ましい。

ジョエルは首尾よく人影に近付くと、抱き抱えて降りてきた。

ふわふわの栗色の髪が特徴の小さな女の子だった。

「服が枝に引っかかってました。気を失っているだけみたいです」

「……その割には汚れてないな」

「失禁していたので浄化しました。さすがにちょっと、そのままでは触れなくて……」

ジョエルはわずかに顔をしかめた。

「本人には黙っていてあげてください。女の子だから気にすると思います。余程怖かったんでしょうね」

自分にも娘がいるからか、そう言って女の子に優しい目を向けた。

「こんな場所で生存者か……。何か意味があるのか偶然か……」

シャールは眉をひそめた。

「その子、俺が引き受けますよ。俺の役目は索敵《さくてき》ですから、ジョエル様の手が自由になっていた方がいいですよね？」

リュカがジョエルに向かって手を伸ばした。

すると、ぱちりと女の子の目が開く。

と、同時に悲鳴を上げかけたので、ジョエルは慌てて彼女の口を手で塞《ふさ》いだ。

「声を上げちゃ駄目だよ。ここは怖い魔物が出る魔の森だからね。大きな声を出さないって約束できるかな？」

ジョエルは一児の父だけあって、子供の扱いに手慣れている。

女の子はこくこくと頷いた。

「もしかして、りょうしゅさま？」

「領主は向こうにいるおじさんだよ。俺はその親戚。こっちのお兄ちゃんは領主のおじさんの子供で、そこの茶髪は下っ端」

ジョエルに下っ端と言われたリュカが「酷い」と抗議したが、全員から黙殺された。

「どうして俺を領主だって思ったの？」

「だっておかあさんが言ってた。魔物はりょうしゅさまがやっつけてくれるって。おかあさんはどこにいるの？　ノエル、さっきまでおかあさんと一緒にいたのに」

ノエルの目が潤んだかと思うと、ぶわっと涙が溢れ出てきた。

「村に現れた鳥人間がおかあさんとノエルをつかんだの。途中までノエル、おかあさんと一緒だったんだよ。どこに行っちゃったのかなぁ……」

ふえ……とノエルは泣き出した。声を殺して泣くのは、ジョエルとの約束を守ろうとしているからだろうか。まだ六、七歳くらいにしか見えないので、そんな姿はとてもいじらしい。

「リュカ、近くに生き物の反応はあるか？」

ユベールの質問にリュカは首を振った。

「付近、少なくとも半径五十メルトの範囲には何もいませんね。そこより先はちょっと魔人の気配が濃過ぎて……近付けばわかるかもしれませんが……」

「叔父上、どうしますか？　この子」

「途中までは連れて行くしかない。リュカ、魔人と接触したら、この子を連れて魔道具で基地に戻れ」

「承知しました」

シャールの命令にリュカは頷いた。

「ノエル、自分で歩けるかな？」

ジョエルの質問にノエルはふるふると首を振った。

「お兄ちゃんのところにおいで、ノエル」

リュカが手を伸ばすと、ノエルはギュッとジョエルの服を掴んだ。

「このお兄ちゃんか、あっちのお兄ちゃんがいい……」

ノエルが指名したのは、ジョエルとユベールだった。

「まだちっこいのに面食いだな……」

リュカが呆れたようにつぶやいた。

「この二人ほど男前じゃなくて悪いけど、我慢してくんないかな？　ノエルを抱っこしてたら戦えないからさ」

「……下っ端のお兄ちゃんは戦わないの？」

「ああ、下っ端だからな」

リュカの答えに、ノエルは哀れむような目を向けた。

「可哀想だね、弱いの？」

「そうなんだ。魔物が出た時に危ないから、ノエルを抱っこする係は俺に任せてよ」

「……わかった。仕方ないから我慢してあげる」

ノエルはようやく納得して、ジョエルからリュカの腕の中に移動した。

（こんなに小さくても女なんだな）

ついでに生意気だ。腹を立てずに相手ができるジョエルもリュカもすごい。

ユベールは、周りに自分より年少の親戚がおらず、大人や年上の従兄弟達に囲まれて育ったので子供への接し方がわからない。

（マリーも子供の扱いが上手かったな……）

グエナエルという弟がいるからだろうか。

ふと、二人で孤児院に慰問に行った時の様子を思い出した。子供に取り囲まれ、楽しそうに微笑むマリーは天使だった。

◆　◆　◆

魔人に近付くにつれて、周囲の空気が重々しくなってきた。

「ユベール、森に入る前にも伝えたが、迷うなよ」

シャールから注意が飛んだ。

「魔人は人の言葉を使うらしい。だが、人とは異質な生き物だ。たとえ命乞いをされても耳を貸すな」

「わかっています」

同じ注意を父から受けるのは三度目だ。少しうんざりしながらもユベールは頷いた。

ここまで接近したら、探知魔法などなくても不穏な魔力が伝わってくる。

幼いノエルにも全員の緊張が伝わるのか、神妙な顔でリュカにしがみついていた。

「ユベール、お前、電撃魔法の射程はどれくらいだ？」

シャールが尋ねてきた。

「動く的相手なら、三十メルトくらいまでは詰めたいです」

ユベールが返事をすると、シャールは渋い表情になった。

「歳は取りたくないな……。初撃はお前に任せる。護りはジョエルに任せて、射程圏内に入ったら撃て」

「わかりました」

シャールは次にリュカに視線を向けた。

「そろそろお前はその子を連れて離脱しろ」

「いいんですか？」

リュカは目を見張った。

「ああ」

「承知しました。でもちょっと気になることが……」

リュカの発言に、その場にいた全員の視線が集中した。

◆◆◆

——いた。

森の中でも、ひときわ高く目立つ大木の枝の上に、体の上半分が女で下半分が鳥の異形が佇んでいる。

髪も、羽毛も、ユトナ村の生存者の証言通り真っ黒だった。

「あれだな……」

シャールがつぶやいた。

「リュカの言った通りですね、父上。人がいます」

ユベールは小声で囁いた。

魔人からほど近い枝には、幼い子供らしき人影が引っかかっていた。

魔道具を使って脱出する前、リュカが教えてくれた通りである。

「ユベール、いけるか？」

シャールの言葉にユベールは頷くと、魔力を練り上げて雷の弓矢を作り出した。

だが――

こちらが弓矢を放つ前に魔人から魔法が放たれた。

真空の刃と思われるものが、周囲の木々をなぎ倒しながらこちらに飛んでくる。

「ユベール、気にするな！」

ジョエルが叫びながら風の防壁を展開し、魔人の魔法を相殺した。

魔人はというと、人質のつもりなのか、子供を腕に抱えて飛び上がった。

ユベールは空中を移動しながら魔法を撃ってくる魔人に狙いを定めると、子供には構わず雷の矢を放った。

すると魔人の腕の中の子供が手を突き出した。

その直後、子供の手から黒い魔力が放たれ、雷の矢が弾かれる。

「……やはりあの子供も人ではなかったな」

冷静に発言したのはシャールだった。彼は、炎を纏《まと》わせた雷の矢を準備していた。父の副属性は火なので、ユベールよりも高威力の攻撃魔法が扱える。

「父上、来ます！」

魔人が突進してきた。シャールは炎雷の矢を容赦なく放った。

やはりそれもユベールの魔法と同じで、魔人の腕の中の子供に弾かれる。だが、突進を防ぐことはできた。

半人半鳥の魔人は、上空で羽ばたきして制止した。

思わずゾクリとする黒髪の美女だったが、青い目は硝子玉のようで、何の表情も浮かんでいなかった。

「酷いなぁ。いきなり攻撃してくるなんて」

魔人の腕の中にいた子供が声を発した。

だが、ここまで近付いたらわかる。子供の姿は普通ではなかった。

見た目はノエルより幼い。三歳くらいだろうか。幼児と言っていい外見で、魔人と同じ漆黒の髪と青い瞳の持ち主だった。

性別は不明だ。体全体が黒の羽毛で覆われており、ぼさぼさの髪が鎖骨の辺りまで伸びているせいだ。よく見れば、手も鉤爪《かぎづめ》になっている。

魔人の傍にもう一体、不審な魔力の反応があった。魔物かもしれない。

リュカはそう告げてから帰還した。

油断するなという交戦前のシャールの助言に従い、ユベールは間髪入れずに二撃目を撃ち込んだ。

すると子供の体が膨れ上がり、背中から漆黒の羽根が生えた。かと思うと、魔人を踏み台に上空へと舞い上がる。

ユベールの撃った魔法は魔人に命中し、断末魔の悲鳴を上げて地上へと落ちた。

「偽装なんて無意味だったね。あの女の子、美味しそうだったのに。生かしておく意味がなかったな。食べれば良かった」

黒翼の天使。そう見える異形はそうつぶやくと、魔力をこちらに向かって放った。

それは真空の刃を含む暴風となってこちらに襲いかかってきた。ジョエルが風の防壁を作り出すが、全ては相殺しきれない。

「あっちが本体か……」

ユベールがつぶやくと子供は大声で笑った。

「あはは、違うよ！　そこにいるのもニンゲンが魔人って呼ぶモノだ。でも、僕を産んだら弱っちゃった。だから体を有効的に使うことにしたんだよ。残念ながら意味なかったけど」

暴風が止んだ。子供は上空からこちらを睨みつけと、尋ねてくる。

「お前達は他のニンゲンとは随分違う。キゾクなのかな？」

「だったらどうなんだ」

シャールが答えた。すると、子供は――

「殺す」

短く告げたかと思うと、襲いかかってきた。

魔力による真空の刃を撒き散らしながら、疾風のようにこちらに突進してくる。

魔法の刃はこちらに届く前に霧散した。ジョエルの防護魔法だ。

ユベールは腰の剣を抜くと鉤爪《かぎづめ》を受け止めた。

斜め後方からシャールが攻撃魔法を放とうとしている。

それが放たれる気配に合わせ、ユベールは子供から距離を取った。

だが、シャールの魔法は簡単に回避され、子供の漆黒の翼から、お返しとばかりに羽根が弾丸のように撃ち出された。

ユベールは咄嗟に魔力を放ち、羽根を雷撃で焼いた。

「接近戦になるなら、オスカーを連れて来るべきだった」

シャールは吐き捨てながら腰の剣を抜き、子供に斬りかかった。

ジョエルは常に放たれる真空の刃から全員を守るので手いっぱいだった。

ユベールはシャールと連携し、斬撃《ざんげき》と雷撃を組み合わせて子供を少しずつ追い詰めていった。


いったい何回撃ち合った時だろうか。遂にユベールの刃が子供を捉えた。

漆黒の羽根と鮮血が周囲に舞う。

ジョエルの防御魔法の腕は確かだ。こちらは小さな裂傷をあちこちに負っているものの、ほぼ無傷と言っていい。

「酷いなぁ、こんないたいけな子供に大人が三人がかりで」

ふらついた子供に、追加で電撃を放つ。

悲鳴が周囲に響き渡った。

「あ……、が……、いやだ……ころさないで……」

その場に崩れ落ちた子供は、ユベールを潤んだ目で見上げて怯えた声を出した。その姿にユベールは思わず怯んだ。

背後から舌打ちする音が聞こえ、誰かがユベールの傍を走り抜けた。剣を構えたシャールだった。

彼は、子供の胴体に剣を突き立て、剣身に雷を通した。

つんざくような悲鳴が辺りに響き渡った。

その瞬間、子供の体から漆黒の靄《もや》が吹き出し、シャールの体に絡みついた。

「父上⁉」

ユベールは目を見張った。

シャールは眉間に皺を寄せながら、子供から剣を引き抜いて距離を取ろうとした。

すると、子供の体から黒い物体が出てきて、シャールの胸元まで浮き上がった。

それは、棘のような台座を持つ魔道具だった。黒曜石のように黒光りする魔石が埋め込まれている。

魔石にも台座の金属部分にも、びっしりと魔法文字が刻まれていた。

シャールはそこから離れようとした。しかし、それよりも魔道具が彼の体を捉える方が早く、胸元に吸い込まれるように突き刺さった。

「ぐっ……」

シャールが呻《うめ》く。

その直後、父の全身から、黒い魔力が放たれた。

ユベールは反射的に防御魔法を展開するが、魔人との戦いで魔力をかなり消耗していたせいで防ぎきれない。

防壁が壊れ、ユベールは後方に吹き飛ばされた。

胴体にまともに魔力を受けたらしく、息ができない。

「叔父上！　ユベール！」

ジョエルが駆け寄ってきた。

「おなじ、ものになって、みんな、ころせ……」

子供の邪悪な笑い声が聞こえた。そしてサラサラとその体が崩れていく。

地面に座り込みながら、ユベールは自身の体を確認した。

（まずいかもしれない）

肩口から腹部にかけて、肉をごっそりと持っていかれており、鮮血が溢れ出している。

痛いというよりも熱い。感覚が麻痺しているのだろうか。

（俺はここで死ぬのか……）

もしそうなったら、マリーは悲しんでくれるだろうか。

（いや、喜ぶかもしれないな）

厄介な婚約者から逃げられるのだから。そして彼女はいずれ別の男に嫁ぎ、自分のことなど忘れてしまうに違いない。

想像するだけでも心が引き裂かれそうだ。

意識が少しずつ薄れ始めた。

（嫌だ……）

これが最期の思考だなんてあんまりだ。ユベールは必死に抗おうとした。

その時、胸元から何か温かいものが流れ込んできた。

（これは、マリーの……）

ユベールは、今朝マリーから貰った護符を制服の胸ポケットに忍ばせていた。

持ち主の危機に反応しているのか、それが今、淡い光を放っている。

「護りの魔法を込めておきました。時間に限りがあったので、そんなに強い魔法ではないんですけど……」

朦朧とする意識の中、護符を手渡してきた時のマリーの姿が脳裏に鮮やかに蘇った。

第六章　繋がる心

（ここは……）

ユベールが目を開くと、見覚えのある天井が視界に入ってきた。

（基地……？　どうして……？）

黒翼の子供の姿をした魔人を倒したかと思ったら、その体から禍々しい魔道具が出てきて、シャールに突き刺さった。

その直後、自分はシャールから放たれた魔力で大怪我を負ったはずだ。

（助かったのか……）

泣きそうな顔で、自分に治癒魔法をかけるマリーの姿を見たような気がする。

周囲に視線を向けると、横たわっているベッドの傍で、繕い物をしていた女性がこちらに気付いた。

リュカの妻のナタリーだった。彼女は基地のほど近くにあり、ゲートを抱えるセイラック村の住人である。リュカと結婚した後は、自警団の団員になり、この基地で裏方として働いている。

「ユベール様！　お目覚めになったんですね！」

ナタリーはホッとした顔で声をかけてきた。

「マリー様が治療してくださったんですよ！　意識が戻って本当に良かった……」

（夢ではなかった……？）

ユベールは重だるい体を叱咤して半身を起こすと、自分の体を確認した。

前合わせのナイトウェアを着ていたので、自分の体の様子はすぐにわかる。

シャールが放った禍々しい魔力をまともに受けて、胴体の肉がかなり広範囲にわたって抉《えぐ》れていたはずだが、何ともなっていなかった。

「あの怪我を、マリーが……？」

「はい。心配していらしたので、お知らせしてきます！」

ナタリーはユベールににっこりと微笑むと、部屋を出ていった。

ユベールが寝ていたのは、宿舎として自分に割り当てられた部屋だった。領地屋敷から持参した見覚えのある荷物が床の上に置いてある。

マリーが治療したというのなら、怪我が治っていることも納得できた。

魔力の相性が良いから、治癒魔法を強く流し込まれても苦痛を感じずに済んだのだろう。

性的な欲求を掻き立てられるのではなく、ただ温もりを感じたのは、生命の危機に瀕していたからなのかもしれない。

また意識を失う直前、マリーから貰った護符が光ったのを思い出した。あれも自分の命を繋ぐのに一役買ってくれたはずなのだが、どこにあるのだろう。

ユベールはきょろきょろと辺りを見回したが、あいにく見つからなかった。

眉をひそめた時だった。

外からバタバタと足音が聞こえてきて、ドアが開け放たれた。

ノックをしない無作法に眉をしかめたユベールは、部屋に飛び込んできた女性の姿に目を見開いた。

マリーだった。

彼女らしからぬ行動への驚きと、再会の喜びが混ざり合って言葉が出ない。

少し遅れてミラがやって来たが、こちらはユベールを一瞥《いちべつ》してからマリーに声をかけた。

「マリー様、ユベール様は目覚められたばかりです。静かに寝かして差し上げた方が……」

「ユベール様！」

マリーはミラの言葉が聞こえなかったのか、真っ直ぐにユベールに駆け寄ってきた。

「意識が戻ってよかった……。お体におかしいところはありませんか!?」

「重い感じはあるが、問題なく全身動く。マリーが治してくれたと聞いた。ありがとう」

「よかったです。本当に……」

マリーの目からボロボロと涙がこぼれた。

ユベールはどうしていいかわからず、ミラに視線を向けた。

その視線に気付いたミラは、盛大に眉間に皺を寄せると勢いよく踵《きびす》を返し、部屋から出て行った。

苛立ちをあらわにした表情だったのに、静かにドアを閉めて行ったということは、気を利かせてくれたのかもしれない。

二人きりになれたのは嬉しいが、静かに泣いているマリーを前に、ユベールは途方に暮れた。

◆　◆　◆

人前で涙を流すなんて恥ずかしい。

マリーはまばたきを繰り返し、涙を散らしながら目元をハンカチで拭った。

「取り乱してしまってごめんなさい。もしかしたら、ユベール様を私の手で死なせてしまうかもしれないと思っていたので、とても怖くて……」

「怖がらせてすまなかった」

ユベールは困り果てた顔をしていた。その顔色は悪くない。しっかりと治癒魔法が効果を発揮したようだ。

どうにか彼の傷を塞《ふさ》いだあと、魔力を全て使いきってマリーは気を失った。

そこから丸一日眠って目覚めた時に、ミラから治癒魔法が成功したとは聞いたけれど、絶対安静を言い渡された。

部屋から出してもらえず、やきもきしながら過ごしていたところに、ナタリーからユベールが目覚めたという知らせを受けたのである。居ても立ってもいられなかった。

(ミラがいないわ)

部屋を飛び出したマリーを止めながら追いかけてきたのは覚えているが、今は姿が見当たらない。

（気を利かせてくれたのかしら）

姿がないということは、きっとそうだ。

（あとで謝らなければいけないわね……）

マリーは肩を落とした。

「俺が助かったのはマリーのおかげだ。怪我をした直後、マリーに貰った護符が光った」

ユベールがぽつりとそんなことを言った。

「そうなんですか？　お役に立ってよかったです」

マリーは微笑みかけた。

「その護符が見当たらないんだが……」

「処分しました」

「何だって⁉」

「だって、力を失っていましたから……」

「だからって勝手に捨てるなんて！　折角マリーが作ってくれたものだったのに！」

怒り出したユベールを見て、マリーは呆気に取られた。

「えっと、でも、力を使い切った護符は神殿に奉納して、焚き上げてもらうのが習わしで……」

「そういう風習は知っているが、父は母から貰った物を全て保管している。俺もそうするつもりだった」

「……」

エレノアが大好きなシャールならやりそうである。

「ごめんなさい。まさかそんな風に思ってくださっていたとは知らなくて……。あれは一晩で作ったから正直出来ばえも今一つで……。もう一度作り直しますから、忘れてもらえませんか……？」

「……もう一度作ってくれるのか？」

「えっと、そうですね……。一応、婚約者なので……」

「嬉しい」

ユベールは真顔で告げた。

「一応でも何でも、マリーが俺のために何かをしてくれるなんて夢みたいだ」

その直接的な物言いに、マリーは再び呆気に取られた。

「ユベール様、変わりましたね……」

「もっと早くマリーに自分の気持ちを伝えておけば良かった。今は後悔してる」

恥ずかしそうに目を逸らす彼の姿を、不覚にも可愛いと思ってしまった。

(あれ？　私……)

ドアをノックする音が聞こえ、動揺していたマリーは必要以上に驚いた。

「ユベール、少しいいかな」

外から聞こえてきたのは、シャールの弟で、クラリスの夫でもあるオードの声だった。

彼は領地管理官としてシャールを補佐している。

この臨時討伐では、シャールに何かあった時に備え、基地に詰めながらシャールの仕事を代行していたが、今は後始末に駆けずり回っている。

「私、開けてきますね」

マリーは動揺を誤魔化すために苦笑いを浮かべると、ドアを開け、オードを室内に迎え入れた。

「マリー嬢……。すまない、お邪魔だったかな？」

オードはマリーとユベールを見比べて困り顔になった。

「いえ、私は治癒魔法の効果を確かめに来ただけなので……。もう戻ります」

マリーは一礼すると、オードと入れ替わりで部屋をあとにした。

◆　◆　◆

（せっかくマリーが来てくれたのに）

彼女が出て行ってしまって、ユベールは思わず恨みがましい目をオードに向けた。

「可愛い婚約者との時間を邪魔して悪かったね」

叔父はシャールによく似ているのだが、父にはない人当たりの良さがある人物だった。彼は申し訳なさそうに謝ってきた。

「なかなか目を覚まさないから心配したよ。気分はどうかな？」

「悪くないです。傷も問題なく塞《ふさ》がっていると思います」

叔父は自分を心配して来てくれたのだ。不服そうな顔をするのは間違っている。

ユベールは心の中で叔父に謝りながら、返事をした。

「マリー嬢には感謝しないといけないよ。魔力回復薬を飲みながら、必死に治癒魔法をかけ続けてくれたからね」

「もちろんです。彼女は命の恩人です。本人にも伝えました」

キッパリと答えると、オードは微笑んで頷いた。

「父は今どうしていますか？」

「まさにそれを話そうと思って、こちらに来たんだ」

オードは渋い顔をした。

「シャールは王都の魔法研究所だ。魔道具の切り離しには無事成功したけど、影響がまだ残っているみたいでね……」

「そうですか……」

「また、その魔道具だが、かつて存在した人を魔人化させる魔道具に酷似しているらしい。王家主導の調査が行われることになったから、そちらの対応もしなければいけない。シャールも義姉上《あね》も、しばらくこちらには戻れないと思う」

そう告げると、オードは深いため息をついた。

シャールが戻って来られない以上、後始末やら当主の仕事やらを叔父が代行しなければいけないので憂鬱なのだろう。

「俺はいったいどれくらい寝込んでいたんでしょうか」

「丸一日だね。それだけで瀕死の状態からそこまで回復するのはすごいよ。若さかな……」

オードが羨ましそうな視線をユベールに向けた。

「ユトナ村の生き残りは、セレストと子供五人に加えて、リュカが連れて戻った少女の計七名ということになりそうだ」

「……そうですか」

ノエルの両親は駄目だったのだ。母親を心配していた少女の姿が脳裏をよぎり、気持ちが沈んだ。

「皆、家族も家も失ってしまったから、路頭に迷わないように考えてあげないとね。子供達は領都の孤児院で預かることになった。セレストには働き口を紹介するつもりだ。平行して、ユトナのような状態になっている村が他にないかの調査も始めたから……。ユベールの回復が順調で助かったよ。やらなければいけないことが山積みで、頭がおかしくなりそうだ」

オードはしみじみとつぶやいた。

床上げしたらこき使うつもりに違いない。ユベールは覚悟した。

「どうして魔人化の魔道具なんてものが出てきたんでしょうか。禁忌ですよね？」

話題を逸らすために疑問をぶつけると、オードは顔をしかめた。

「まだ調査中だけど、魔道具研究所の禁書庫でやらかしがあったみたいだ。魔王戦争時代の禁呪指定された魔法書が何冊か行方不明になっていることが発覚した」

そう告げると、オードは肩を落とした。

「国王陛下はカンカンだし、うちからも中央に抗議しないといけないから、考えるだけで気が重い……。心労でこれ以上髪の毛が減ったら僕は誰を呪えばいいんだ……」

オードはシャールそっくりなのだが、父よりも頭髪が少し寂しい。ユベールは思わず叔父の頭に視線を向けた。

◆◆◆

同時刻――

ミラは、ユベールのところから戻ってきたマリーを目の前にして複雑だった。

「ミラ、さっきはごめんなさい。気を利かせてくれたのよね」

「……お嬢様はユベール様しか見えていらっしゃいませんでしたからね」

「それは！　……ユベール様の態度が全然違ったから。妥協が現実味を帯びてきたかも……？」

そう告げるマリーの顔は、すっかり恋する乙女のものになっていた。

マリーはミラにとって大切な主人である。

恋をするのは別に構わない。問題は、その相手がマリーに何度も嫌な思いをさせたユベールだということだ。

（あの若造が相手では純粋に応援できないのよ）

ミラは顔をしかめた。

ユベールはマリーを悲しませ続けてきた人物なので許せない。

ミラにとって、彼がいつしかマリーを好きになっていたのは誤算だった。

(私が考えた作戦は失敗だったわ)

屈辱を与えてマリーから離れるように仕向けたはずが、裏目に出てしまった。

嫌いな相手からの性的辱《はずかし》めは誇りを傷つけるだろうが、好きな相手からなら話は全然違ってくる。女性に責められたい性癖があるなら尚更だ。

(比較的控えめなのが救いかしら……)

マリーをやんわりと問いただしたところ、ユベールは縛られるのも叩かれるのも好きではないと発言したらしい。

(それってつまり、マリー様に上になってほしいということ……?)

彼の端正に整った顔と偉そうな態度で、女性に責められたい願望があるのはちょっと……いや、結構ありかもしれない。

『ユベール様……閨《ねや》では子猫のようにおとなしくなってしまわれるのね……』

『くそっ……マリー、よくも俺にこんな……』

——具体的に想像しかけて、ミラはぶんぶんと頭を振った。

マリーが妖艶な表情を浮かべ、屈辱の表情を浮かべた金髪の美形(心の中では大喜びしている)の上に乗って、淫魔のように責めるなんてありえない。

ミラの大切なお嬢様は清楚で清純で無垢なのだ。どちらかと言えば、おかしな行為をユベールに強要され、涙目になりつつ欲求に応じるという方が現実味がある。

『マリー、頼む。俺の上に乗って俺を犯してくれ』

『そ、そんな恥ずかしいこと、できません……っ』

再び妙な妄想が脳裏をよぎり、ミラはハッと我に返った。

(おのれユベール、よくも私にこんな想像を……！)

ミラは自分への怒りをユベールに対するそれにすり替え、わなわなと震えた。断じて八つ当たりではない。

(マリー様は最高にお可愛らしいから、好きになって当然だけど)

あの男について評価できるのはそこだけである。

(お嬢様もお嬢様よ……。素直でお人好しだから……？　それとも若造の顔のせい……？)

ユベールは、黙って立っていれば非常に見栄えのする青年である。年下という時点でミラの好みからは外れているが、鑑賞用としては極上だ。

(いえ、落差萌えという可能性もあるかも)

無愛想で凶悪な顔の紳士が道端で猫を可愛がっていたら、ぐっとくるのと同じ理屈だ。

ラトウィッジ侯爵家自体はマリーの嫁ぎ先としてはそう悪くないのが、また腹立たしい。

結婚の苦労といえば、婚家との関係がよく挙げられるが、ここはその手の苦労とはまず無縁である。

討伐の手助けは非常に大変そうだが、マリーは自警団員から人気があり、ユベールの親戚からも可愛がられている。

（うちのお嬢様は頑張り屋さんだから当然だけどね……）

マリーは治癒魔法の技術を上げるために大変な努力をした。

ミラは彼女の病院通いに付き合い、それを間近で見てきたので、ここの連中がマリーを蔑《ないがし》ろにするようなら立場など関係なく大暴れしている。

仮にユベールと結婚したら、普段の生活は贅沢三昧な上に、侯爵夫人として社交界で尊重されるだろう。

資金力ではコートニー子爵家も決して負けてはいないが、名門の名声はない。

考えるのも腹立たしいが、マリーは社交界では成金の娘として軽んじられてきた。

だが正式に侯爵家の一員になったら、その連中を黙らせられる上に報復も可能だ。優しいマリーはきっと仕返しなんて考えもしないとは思うが。

ユベールから首尾よく解放されたとしても、いずれマリーはどこかに嫁がなければいけない。

別の嫁ぎ先がどんな場所かは、蓋を開けてみないとわからない。

おかしな親戚が付属品として登場して結婚生活が地獄に変わるなんて話は、あちこちに溢れている。

そう考えると、マリー本人が言う通り、妥協という選択肢は決して悪くない。

（それに今回は幸い生き延びたけど、魔物狩りでマリー様よりも先に亡くなってくれる可能性も……）

人としてどうかという思考がちらつき、ミラは軽く頭を振った。

（私にこんなことを考えさせるなんて……。やっぱりあの男は！）

ミラはユベールに責任転嫁すると眉間に皺を寄せた。

「ミラ……やっぱり呆れてるわよね。私、あんなにユベール様のことを嫌っていたのに」

「いえ、私はお嬢様の味方ですから。お嬢様の決められたことは支持します」

敬愛する主人がユベールを選ぶというのなら、ミラは妨害できないし、してはいけないとも思っている。それは侍女の分を越える。

ミラは一つ深呼吸をすると、内心の不満を押し殺してマリーに微笑みかけた。

（このまま運良くお嬢様を手に入れたとしても、少しでも蔑《ないがし》ろにする気配があったら許さないんだから……）

ミラは結婚後もマリーに付いていくつもりでいる。

ユベールが何かしでかした時は、コートニー子爵家に逃がそう。ミラはそう決意した。

第七章　新しい関係

基地の庭には、綺麗な花を付ける野草がたくさん生えていた。

マリーは花を摘み取ってもいいという許可をオードに貰い、外へ出た。

ユベールにお見舞いを兼ねて持って行こうと思ったのだ。

彼は目覚めた翌日から、叔父を助けて領主代行として働き詰めになっている。

見るに見兼ねたマリーは、ルカリオやミラと一緒にやれる範囲での手助けをするために居残っていた。

庭では元ユトナ村の子供達が遊んでいる。

彼らはユベール達が領地屋敷に戻る時に一緒に領都に移動し、ラトウィッジ侯爵家が後援する孤児院に預けられると聞いている。

どこなのかは見当がつく。マリーはエレノアやユベールと一緒にそこに慰問に行ったことがある。

侯爵家が目を光らせているので、子供を育成する環境がしっかりと整っている孤児院だ。路頭に迷うことはないだろう。

子供達の楽しそうな声を聞きながら花を物色していると、女の子二人がマリーの傍にやって来た。

確か名前はリリアとノエルだ。ノエルはシャールの班が魔の森で見つけて保護した子供だと聞いている。

「マリー様、何してるの？　お花摘み？」

リリアが話しかけてきた。

「ええ、ユベール様のところに持っていこうと思って」

「ユベール様に？　ノエルも手伝う！」

ユベールの名を聞いて、ノエルは目の色を変えた。

彼女は自分を助けてくれた団員の中でも、ユベールとジョエルがお気に入りなのだ。

ジョエルが領地に帰った今、ノエルの憧れの視線はユベールに注がれている。

「マリー様はいつかユベール様と結婚するんでしょう？　いいなぁ、ノエルもあんな格好良い人と結婚したい！」

「……ありがとう」

マリーは一瞬迷い、無難そうな答えを返した。

「あんまり嬉しそうじゃないね。ノエルが変わってあげようか？」

「無理だよ！　貴族は貴族としか結婚できないんだよ！」

ノエルに現実を教えたのはリリアだ。その途端ノエルは肩を落とした。

「そうだった……。ユベール様もジョエル様も貴族なんだよね……。ノエルも貴族に生まれたかったなぁ。魔法が使えるし、綺麗なドレスが着れるし……」

「その分大変なのよ。前みたいに怖い魔物が出たら、男の人はやっつけに行かないといけないし、女の人は治癒魔法で怪我人を助けてあげないといけないし……」

どこまで現実を教えるべきだろうか。マリーは困りながら伝える。

「いいよね！　キラキラーッて光が出て、怪我が治って！　それで、ユベール様みたいに格好良い貴族の王子様みたいな人から、『ありがとう』って感謝されるの！」

ノエルは目をキラキラと輝かせた。

「ノエル、魔法は憧れるけど、魔力回路を作るのは大変なのよ。とっても痛いって聞くし」

リリアは現実的だ。

「マリー様、痛かった？」

「ええ。施術を受ける子は皆泣いてたわ。私も泣きながらだった」

魔力回路を作る施術は、体への負担が大きいので、子供の間に何度かに分けて少しずつ行う。ものすごく痛くて怖くて大泣きしたのを今でも覚えている。

「それでもいいなぁって思うよ。次に生まれ変わるなら絶対に貴族がいい。貴族だったら、魔物にやられっぱなしじゃないもん」

「…………」

マリーはノエルにどう声をかけていいかわからなかった。彼女もリリアも、魔人のせいで親兄弟を亡くしている。

「ねえ、お花はどうするの？　マリー様が持ってる籠《かご》に入れたらいい？」

唐突に明るく聞かれ、マリーは面食らった。

寂しそうな表情からの変化がわざとなのか、ノエルの顔からは窺えない。

「そうね。根元はこれで切って、この籠《かご》に入れてほしいな」

マリーはノエルに鋏《はさみ》を手渡した。

「うん、どれにしようかなぁ……」

「リリアもやりたい。このピンクのお花にしようよ」

マリーは相談しながら楽しげに花を選ぶ二人の少女を見守った。

籠《かご》の中は、すぐに花でいっぱいになった。

「マリー様、お花はこれくらいでい……」

こちらに話しかけてきたノエルが、途中で発言を中断して目を大きく見開いた。

「ユベール様だ！」

彼女の視線の先を追うと確かに彼がいた。自警団の団長のオスカーと一緒で、倉庫の方を指さして何やら話し合っている。

「これ、ユベール様に渡してくるね！」

「えっ……」

子供の行動力はとても速い。マリーが止める前に、ノエルは籠《かご》を持ってユベールのところに走って行った。

籠《かご》に集めた花はひとまず、宿舎に持って帰って花瓶にアレンジする予定だったのだが……

（それに、今はお仕事のお話をしているのではないかしら……）

マリーは不安を覚えたが、ユベールはノエルを見るとしゃがみ込んで、優しい顔で話しかけている。

子供が苦手だとは言っていたが、そうは見えない表情だった。

「マリー様、いいの？　ユベール様はマリー様の婚約者なのに……」

リリアが話しかけてきた。

「別に構わないわ。ご自身が助けた女の子に慕われるのは、ユベール様も嬉しいと思うもの」

「正妻の余裕？」

マリーはリリアの発言に目を丸くした。

リリアはまだ十歳だと聞いている。女の子は早熟だとは聞くけれど、どこでそんな表現を覚えるのだろうか。

「あっ！」

ユベール達を見ていたリリアが急に大声を上げた。

視線をそちらに向けると、ノエルがユベールの頬にキスをしていた。

「マリー様、ホントに良いの？」

リリアがまた聞いてきた。

「ええ。小さな女の子の行動だから大丈夫よ」

マリーは微笑みながら答えたが、モヤモヤとする自分に驚いた。

自分の感情に戸惑っていると、ユベールがこちらに気付いて、花でいっぱいの籠《かご》を手に駆け寄ってきた。

「マリー、花を摘んでくれたってノエルに聞いた。ありがとう」

「いえ、私はほとんど何もしていません。ノエルとリリアの二人が摘んでくれました。そのままでは萎《しお》れてしまいます。花瓶に生けてお持ちしますので一度返していただけますか？　お仕事中ですよね？」

「いや、もう終わった。息抜きをしたいから付き合ってくれないか？」

「はい」

マリーは頷くと、差し出されたユベールの手を取った。

◆◆◆

マリーは途中で自分にあてがわれた部屋に寄り、ミラに花瓶を用意してもらった。

それからユベールの部屋に向かい、籠《かご》の中の花をアレンジしていく。

その様子をユベールはじっと観察していた。

「面白いですか？」

「器用だな」

「これくらい誰でもできますよ。貴族女性の嗜みですから」

屋敷に花を飾ったり、季節に応じた模様替えを指示するのは女主人の役目だ。学校でも習うので、誰だってある程度はできる。

「マリーに贈ったラベンダーの花束なんだが、屋敷の使用人が気を利かせてドライフラワーにしているらしいんだ。改めて贈ってもいいだろうか？」

「魔の森の騒ぎに気を取られていて忘れていました……。ありがとうございます、是非」

マリーはそう答えると、花瓶をユベールが執務をするのに使っている机に置き、ソファへと移動した。

「書類だらけですね」

「父の仕事を叔父と俺で割り振っている状態だから仕方ない」

ユベールは顔をしかめた。

「父が褒めていましたよ。シャール様より話が早いが手強いって」

「ルカリオ殿がそう評価してくれるのは嬉しい。自信になる」

ユベールはマリーに微笑みかけてきた。

「明日、王都に戻ると聞いた」

「はい、長居してもお邪魔になると思いますので」

すぐに帰るのは気が引けて、怪我人の経過観察や資材管理などを手伝っていたマリーだったが、あらかた片付いたのでコートニーの屋敷に戻る予定だった。

「次はいつ会える？」

「作り直した護符が完成したら……。一週間くらい待っていただけますか？」

「わかった。いつでも予定を開けられるようにしておく」

こくりとマリーは頷いた。

「毎日遅くまで頑張っていらっしゃるようですが、お体の具合は大丈夫ですか？　不調が出てはいませんか？」

「ああ。すっかり元通りだ」

マリーはまじまじとユベールを観察した。

少し疲れが顔に出ているが、健康そうに見える。

「ユベール様、よく助かりましたね。私、かなり遠慮なく魔力を流し込んだんですが……。苦しくなかったですか？」

「いや、気持ち良かった」

ユベールの返答に、マリーはぎょっとした。

「気持ち良かった……？」

好きだと告白され、態度が大きく変わった衝撃ですっかり忘れていたが、彼に特殊性癖があるのを今更ながらに思い出した。

（苦しいのがお好きだなんて、やはり変態……）

マリーは青ざめると、思わず彼の股間に視線を向ける。

「もしかして、死に瀕した状態でも性的な快感を得られていたのでしょうか？」

「そんな訳ないだろう！」

「でも、今、気持ち良かったと！」

「それは否定しないが……」

ユベールが認めたので、マリーは息を呑んだ。

「違う！　そういうことじゃないんだ！」

「何が違うんですか！」

「…………」

ユベールは沈黙すると、少しの間を置いてから立ち上がり、マリーの傍にやって来た。

「先に断っておく。あとから苦情は受け付けない」

がしっと手首を掴まれた。かと思ったら――

微弱な電流が全身を駆け巡った。

「やっ、何をっ……」

これは魔力だ。ユベールの持つ雷属性の魔力。

唐突に人に魔力を流すなんてありえない無作法である。決闘を申し込むにも等しい行為だった。

しかし――

(何、これ……)

体が熱くなってむずむずする。服が肌に擦《こす》れる感触すらくすぐったい。

マリーは得体の知れない感覚に恐怖し、自分で自分の体を抱きしめた。

「こういうことだ。わかったか？」

ユベールはそのままマリーの頬に指先を移動させた。

「ひゃんっ！」

ぞわりとして、マリーは悲鳴を上げた。

「これ、何なの……」

「知らないのか。生まれ持った魔力相性が良いとこうなるらしい」

ユベールの発言にマリーはぎょっとした。

それは知っている。一般常識だ。

「私と、ユベール様がそうだって言うんですか……？」

はあはあと息をつきながら尋ねると、ユベールの食い入るような眼差しと目が合った。

自分が肉食獣に狙われた小動物になった気がした。

（これはまずいのでは……）

そう思った時には遅かった。

次の瞬間、腕を引かれ、マリーの唇にユベールのそれが重なっていた。

至近距離にある青い瞳が伏せられている。それに見惚れていると、唇をなぞるように舐められた。

かと思うと、微《かす》かに開いた唇の間から彼の舌が侵入してくる。

歯列を割り、入り込んできた濡れた舌が口腔内をまさぐってくる。

ユベールの魔力で敏感になっているせいか、それが酷く気持ちが良い。

くちゅ、ぴちゃ……

微《かす》かに聞こえる水音がいやらしい。

舌が捉われ、絡められ、吸い上げられた。

「んっ……」

体に上手く力が入らなくて、マリーは抵抗できず、そのままソファにくたりともたれかかった。

「キスは駄目って前に……」

「そんな顔を見たら我慢できない」

ユベールの手が頬から首筋に移動した。それだけで体がゾクゾクする。

「マリー、もっとお前に触れたい」

尋ねられ、マリーは即答できなかった。

「駄目か……？」

熱を帯びた青い瞳を向けられ、ただでさえ熱い体が更に熱くなった。

熱い。苦しい。鎮めてほしい――

（でも、こんなの、駄目……）

淑女の行動ではない。

だが、そういう行為に興味がない訳でもない。

自分はユベールの婚約者だ。何を投げ打ってでも彼との婚約を解消したいという強い気持ちは、既に消えていた。――ということは、近い将来、彼と正式に結ばれるのだから……

ならば、今許してもいいのではないだろうか。

彼は魔の森を抱えるラトウィッジ侯爵家の人間だから、婚姻契約は早ければ早い方がいいに決まっている。

瀕死の彼を見てとても心が痛んだし、後悔もした。

色々な想いが浮かび上がり、ぐるぐると回る。

だけど頭がぼうっとして、上手く思考がまとまらない。ユベールに流し込まれた魔力のせいだ。

「一つだけ、教えてください……。もしかして、初めて私が治癒魔法を使った時から、こんな……？」

「ああ、だから驚いてマリーの手を叩いてしまった。ワインがかかった時も同じだ」

かあっと体が熱くなった。

「マリーから辱《はずかし》めを受けた時も、治癒魔法をかけられておかしくなりそうだった。一応弁解しておくが、死にかけていた時はそういう感覚はなかった。体がそれどころではなかったんだろうな。ただ温かくて気持ち良かった」

ユベールは説明しながら、マリーの頬に触れた。

それだけで体がぞくぞくする。

「……ごめんなさい」

「謝らなくていい」

「でも、こんな……」

全身に熱が燻《くすぶ》って苦しい。特に、人に言えない場所がむずむずする。

彼が同じ状態になっていたのだとすれば、過去の自分はなんて酷い勘違いをしたのだろう。

「これ、どうすれば治まるんですか……？」

「発散するしかないと思う。その、指や道具を使って……」

マリーは目を見開いた。

「まさか、私が治癒魔法をかけた時、ユベール様、ご自分で……？」

「想像しないでほしい」

ユベールは気まずそうに目を逸らした。

「マリー、自分でどうにかできるか？　恥ずかしいなら俺は席を外すが……」

「自分で……？　そんなの無理……」

ユベールを辱《はずかし》めるため、ミラから不埒な本の数々を見せてもらったあと、マリーは興味本位で自分の淫らな場所に触れてみたことがある。

だけど、ただ触れているという感触があるだけで、ちっとも快楽なんてなかった。官能小説には、痛いのは初めだけで慣れれば女でも気持ち良くなると書いてあったけれど、そうなるとはとても思えない。この熱を発散できる気がしなかった。

「ユベール様、責任、取ってください……」

「……いいのか？　少しでもマリーに触れたら、たぶん俺は止まれない。最後まで抱く」

いいか悪いかで言ったら、良くはない。マリーの中にはまだ結婚に対する迷いがあった。

（でも、私も責任を取らないと……）

そんな思いから頷くと、再び秀麗な顔が近付いてきた。

マリーは、二度目の口付けを受け入れた。


キスが終わると、ユベールはマリーの体を横抱きにして運び、ベッドに横たえた。

そして、改めてマリーの上に覆い被さってくる。

気が付いたらドレスの胸元が下着ごと剥《む》かれ、両方の胸が丸見えになっていた。

ユベールはマリーを見つめながら、そこに手を這わせてくる。

胸の頂点を不埒な手がかすめる度、快感が背筋を走った。

「気持ち良い？」

指先でそこを刺激され、マリーは涙目になった。

「聞かないでください……」

「ちゃんとマリーを気持ち良くしたい」

ユベールは耳元で囁くと、そのまま耳朶《じだ》を食《は》んできた。

些細な刺激にも反応する体が恨めしい。自分が酷く淫らになった気がする。

全部ユベールの魔力のせいだ。変な気分になったのも。流されるように体を許そうとしているのも。少し触れられただけで体が勝手に反応するのも。

拒めばきっとユベールはやめる。だけど、体に籠《こも》った熱が苦しくて拒否できない。

ユベールの唇が首筋を通り、鎖骨へ、続いて胸へと移動した。

「女性の体はこんなに柔らかいのか……」

感動したようにつぶやいてから、彼は膨らみに口付けてきた。

「……口付けの跡というのは、思ったよりも簡単に付くんだな」

言われて胸元を確認すると、赤い痕跡が付いていた。

「ユベール様、もしかして初めてですか……」

「だったらどうなんだ」

ムッとした顔で聞き返された。

「男性は、学校で悪い遊びを覚えるって聞いたことがあります……。ユベール様はなさらなかったの？」

「誘われたことはあるが無視した。俺はマリー以外に興味はない」

ユベールはきっぱりと断言した。

彼の手付きはどこかぎこちないから、嘘ではなさそうだ。

（私だけ……）

それが嬉しくてマリーの口元に笑みが浮かんだ。

ユベールは右胸に指先で触れながら、左胸の先端を口に含む。

ちゅうっと吸われ、マリーは身を捩《よじ》らせた。

その反応に気を良くしたのか、ユベールの手の力が強くなったのでマリーは悲鳴を上げた。

「痛いです。もう少し優しくしてください」

「すまない。これくらいなら大丈夫か？」

力を緩めてくれたのは良いが、吐息が唾液で濡れた胸元にかかってくすぐったかった。

（本当に私が初めてなのね……）

ユベールはおそるおそる、こちらの反応を探るように触れてくる。

彼のこんな姿を知っているのは自分だけだと思ったら、気分が良かった。

胸に触れる手と唇が左右逆になった。どちらも平等にという意思を感じた。

「赤ちゃんみたい……」

「子供はこんなことはしない」

ユベールは顔をしかめると、意趣返しのつもりか、胸の先端に爪を立ててきた。

マリーは小さく息を呑んだ。するとユベールが笑みの形に口角を上げた。

「あの、私もします」

「何を？」

「じょ、女性に触られるのもお好きなんですよね……？　触るのも触られるのも好きだと以前……」

「好きだけど、今日は何もしなくていい。この間のお返しをしたい」

ユベールはそう告げると、スカートの中に手を侵入させてきた。

「お返し……？」

戸惑っている間に下着に手をかけられた。

「やっ！」

「嫌なのか……？」

「あ……、いえ、恥ずかしくて……」

傷ついた顔を見て、マリーは慌てて弁解した。

ここに触れてもらわなければ熱は発散できそうにない。だから、これは半分医療行為でもあるのだ。

マリーは自分にもそう言い訳をしてから、ユベールから目を逸らして腰を上げた。

視界の端で彼が目を見張ったあと、嬉しそうに微笑むのがわかった。

するりと下着を取り払われ、マリーは恥ずかしさに逃げ出したくなった。

誰にも見せたことのない部分が、彼の目の前に晒されてしまった。

「これが、マリーの……」

ユベールは低い声で囁くとマリーの膝を割り開いた。そして、指先をそこに這わせる。

「ひっ……」

マリーは刺激に悲鳴を上げた。

「濡れてる」

ユベールは囁きながら、ゆるゆるとなぞってきた。

それだけで今までに感じたことのない感覚が体の中からせり上がり、腰が動きそうになる。

「可愛い」

クスリと笑うと、ユベールは指でそこを左右に開いてきた。

「すごいな。淫らで綺麗だ」

そこに注がれる彼の顔は、好奇心に溢れていた。

「やだ、見ないで」

ユベールの体に阻まれ、膝を閉じられない。

手で隠そうとしたら、それも阻止された。

「マリーだって俺のを見たくせに。見せてくれないのは不公平だ」

一理ある発言に、マリーはぐっと詰まった。

抵抗をやめたのに満足したのか、ユベールは、入り口を確かめるように触れてきた。

その時である。酷く敏感な所を指先がかすめた。腰が勝手に跳ねてしまう。

「ひゃんっ！　何……？」

ユベールは興味深そうにつぶやくと、そこを弄《いじ》り始めた。

「噂には聞いていたが……。本当に感じるんだな」

「陰核に自分で触れたことはないのか？」

「いんかく……？」

「ここのことだ。男の性器に相当する場所らしい」

「知らないっ……、こんなの、初めて……」

指先に入り口から溢れてくるマリーの体液を纏《まと》わせ、ユベールは執拗に同じ場所を刺激してくる。

「こんなの、魔力のせい……っ」

「そうだな。俺も同じような状態になった」

囁きながら、ユベールはようやく陰核とやらから指先を解放すると、マリーの中に指を侵入させてきた。

「痛むか？」

マリーが体を強張《こわば》らせたからか、彼は気遣わしげに尋ねてくる。

「いえ……。驚いただけです」

嘘ではない。異物感がすごいが痛くはない。

「すごいな……濡れてて、狭くて……」

ユベールは驚いた表情でつぶやくと、マリーの様子を窺いながら、慎重に指を奥に進めた。

「本当に大丈夫か？」

「痛かったら治癒魔法を使います」

痛みはないのだと証明するためにそう答えると、ユベールは納得したようだった。

痛くない。だが気持ち良くもない。異物感だけがあって、そこを暴かれているのが恥ずかしい。

（ミラに見せてもらった本では、女性も快楽を感じていたみたいだけれど……）

本当に気持ち良くなるのだろうか。

首を傾げた時だった。

膣内に挿入された指がある一点をかすめ、腰が跳ねた。

「やっ、何……？」

「へえ、ここが弱点か」

ユベールは目を細めると、そこを指の腹と思われる場所で刺激し始めた。

「やだ、やっ……」

「すごいな。ここに触れるとうねって締め付けてくる……」

気持ち良い。淫らな声が勝手に出て、腰も勝手に動いてしまうが、刺激が欲しい場所はそこではない。

(どうして……?)

初めては痛いものだと聞くのに痛くない。それどころか、気持ち良い場所を刺激しているのに物足りないと感じるなんて。

もっと奥に疼《うず》く場所がある。そこにもっと長さのあるものを当ててもらわなければ、体の中に燻《くすぶ》る熾火《おきび》のような疼《うず》きは治まらない。そんな予感にマリーは震えた。

(私、初めてなのに……)

こんな感覚があるのは、ユベールの魔力だけが原因なのだろうか。

自分が酷く淫らで汚い存在になったように感じて、目に涙が滲んだ。

「あっ……」

未知の感覚に戸惑っていると、中の異物感が急に増した。指をもう一本増やされたようだ。

「簡単に飲み込んだ……」

ユベールは感動したようにつぶやいた。

「痛みは？」

「大丈夫です……」

「どれくらい解《ほぐ》せばいいんだ？」

「私に聞かれても……」

「挿《い》れたい」

「ま、まだ無理じゃないでしょうか」

マリーはユベールのものの大きさを思い出して青ざめた。

初めては痛いものだと聞いているが、魔法で治せるとはいえ、あまりにも痛いのは遠慮したい。

指二本よりもずっと太かった気がする。いや、確実に太かった。

「あっ、そこは駄目っ、んんっ……」

また気持ち良いところに触れてきた。

指二本で、時々広げるような動きも加えながら、ユベールは抜き差しを繰り返す。

「ここばっかり、や……」

苦情を漏らすと別の指が陰核を刺激してきて、マリーは背中を弓なりに反らした。

「淫らですごく綺麗だ」

はあはあと荒い息をつきながらユベールを見上げると、至近距離にある青い瞳はとろりと溶けていた。

「かなり解《ほぐ》れてきたと思うんだが……」

「はい。も、いいです……」

指でこれ以上翻弄されるのは嫌だ。その一心でマリーは許可を出した。

するとユベールは膣内から指を引き抜き、身を離してシャツのボタンに手をかけた。

(私も脱いだ方が良いのよね……)

抵抗はあったが、マリーもドレスに手をかけた。

だが大量のボタンと紐に手間取っている間に、先に生まれたままの姿になったユベールが再び覆い被さってきた。

ユベールの体は無駄な肉がなく、鍛え上げられていて、彫刻のように綺麗だった。

マリーは服を脱ぐのを忘れて見惚れてしまった。

「怪我……本当に治ってますね」

胴体には傷があった痕跡は一切なく、綺麗な筋肉で覆われていた。

「マリーのおかげだ」

ユベールは微笑むと、マリーの頬に口付けた。

視線を下に向けると、彼の分身が視界に入ってきた。

そこはすでに大きく勃《た》ち上がり、先端から体液を分泌している。その様子は、マリーを求めて涎を垂らしているように見えた。

「そんなに見られると恥ずかしい」

ユベールは頬を染めながら、マリーの脚に手をかけてきた。

「ま、待って……」

「待てない」

ユベールは膝裏に手をかけてマリーの脚を無理矢理開かせると、間に体を割り込ませ、性器同士を触れ合わせた。

彼の先端から滲み出ているものとマリーの体液が混ざり合った。ぬるりとした感触が卑猥だ。

(こんなに大きいの、入るの……)

マリーは青ざめた。

子供の頭が通る器官ではあるが、怖い。裂けるのではないだろうか。

「本当にいいんだな……？　今ならまだ我慢できる」

縋り付くような眼差しを向けられ、マリーは頷いた。

「こんなに震えているのに？」

「少し怖いです。でも、体の奥が熱くて……」

彼の指では届かなかったところがまだ疼《うず》いている。

「わかった」

小声で囁くと、ユベールは何度か腰を前後させて、先端に互いの体液を纏《まと》わせた。

それから入口を指で広げ、男性器の先端を中に埋《うず》めてきた。

「あまり上手くできないかもしれない」

そんな前置きをしてから、ユベールは力をかけてマリーの中に押し入ってきた。

――痛い。

初めてはそういうものだというが、隘路《あいろ》を切り開かれる痛みにマリーは顔をしかめた。

「痛むのか？」

「我慢、できないほどでは、ないんですけど……」

きっと指よりもずっと質量があるからだ。

マリーは下腹部に手を当てると治癒魔法を使った。すると、すうっと痛みが引いた。

「もう大丈夫なので続けてください」

「……ああ」

ユベールは、マリーの頭に労わるように触れてから、再び腰を進めた。

治癒魔法で痛みが取れると、疼《うず》きと熱だけが残った。

（やだ、これ……）

そこに、ユベールのものが、切り開くように入り込んでくるのが気持ち良い。

「マリーの中、すごい。気持ち良すぎる」

はあ、と荒い息をつきながら、奥までユベールが入り込んできた。

その途端、疼《うず》きが解消された。

足りないところを埋めてもらったような充足感があった。

「わかるか？　全部入った」

その発言に下腹部を確認すると、確かに互いの下腹部同士が触れ合っていた。

彼と一つになったのだと実感すると、きゅうっとマリーのそこが収縮した。

「……っ、そんな風に締められると……」

ユベールははあっと熱い息をついた。途端に中のものが膨張した感覚があり、マリーの喉から小さな声が出た。

「動いていいか？」

更に膣壁《ちつへき》を広げられて、そんな些細な刺激にも快楽を拾ってしまう。

「あっ……」

マリーは頷いた。すると、ゆるやかな抽挿《ちゅうそう》が始まった。

奥を穿《うが》たれて悲鳴を上げると、ユベールは不安そうに静止した。

「大丈夫か？」

「あの、気持ち良くて……」

告白するのはとても恥ずかしい。

「っ、……ふっ……」

彼のものが出て行く時に擦《こす》れるのが気持ち良い。中に戻ってくるのも。

指で暴かれた弱点を刺激しながら彼のものが出入りを繰り返す度に、微《かす》かな声が勝手に漏れてしまう。ユベールはそんなマリーを食い入るように見つめながら腰を前後させた。

その動きは、段々と激しく、そして大胆になっていく。

「すごいな、絡み付いてくる」

「んっ、激しいの、気持ちい……」

はあはあと喘ぎながらマリーはユベールを見上げた。

（これ、すごい）

性器同士、特別な相手にしか許さない場所で繋がり合って、擦《こす》り合わせるのがとても気持ち良い。

自分はもしかして淫乱なのだろうか。

貞淑な淑女のつもりでいたから恥ずかしくて、いたたまれない気持ちになった。

「くそ、も、いく……」

ユベールの突き上げがひときわ激しくなった。

かと思うと、一番奥に押し付けられ――

直後、彼のものがひくひくと痙攣し、温かいものが注ぎこまれるような感覚があった。

「もしかして、今……」

尋ねると、図星だったらしい。ユベールの顔がかっと紅潮した。

マリーは呆然として自分のお腹を見つめると、手を当てた。

「ここに、ユベール様の……」

赤ちゃんの素が注がれたのだ。

そう思うと、いやらしさに気が遠くなって、膣内がきゅうっと収縮した。

「マリー、そんなに締め付けたら、また……」

彼のものが膨張し、みちみちと膣壁《ちつへき》を押し広げてきた。

「やだ、また大きく……」

呆然としながらつぶやいた途端、再び奥を強く穿《うが》たれた。

「あんっ！」

マリーは悲鳴を上げる。

「待って、まだ……？」

「マリーをちゃんと気持ち良くしたい」

「もうなって……あっ！」

発言は突き上げが始まって封じられた。

強く上下に揺さぶられ、膣からの快楽に頭の中が支配される。

彼のもので膣内を擦《こす》られるのが気持ち良い。だけど、それ以上に奥を穿《うが》たれるのが。

男性器が奥に潜り込む度に、勝手に体が反応して高い嬌声が出るから、それに気付いたのだろう。

ユベールは執拗に奥ばかりを責め立て始めた。

深く突き立てた状態で静止し、ぐりぐりと酷く感じるところに先端を擦《こす》り付けられ、マリーの頭は真っ白になる。

「いったのか……？」

「わ、からない……。こんなの、初めて……」

荒い息をつきながら訴えると、唇が重なってきた。

（やだ、これ、すごくいやらしい……）

ユベールは性器を最奥まで潜り込ませ、静止した状態でマリーの唇を優しく貪《むさぼ》ってくる。

舌と舌がくすぐるように絡み合うのが気持ち良い。互いの唾液が混ざり合って、微《かす》かな水音が聞こえてくる。

マリーの膣内は、彼に放たれたもので、ぐちゃぐちゃのどろどろだった。

中で出されたあとにまた彼のもので掻き回されたから、子宮にも、膣全体にも、彼の精液が注ぎ込まれた状態に違いない。

上も下も敏感な粘膜同士で繋がり、体液を混ぜ合っていると思うと、淫らなのに神聖な儀式をしているようにも思える。

（ううん、神聖な儀式だわ。だってこれは、婚姻契約や子供を作るための行為なんだもの……）

そんなことを考えながら、マリーはユベールの口付けに応えた。

ややあって、唇が解放された。

閉ざされていたユベールの青い瞳が開き、マリーに注がれる。

「お前の体、淫らすぎる。絶頂しながらひくひく締め付けてきて……」

彼は耳元で囁くと、半身を起こし、再び本格的な抽挿《ちゅうそう》を始めた。

そしてマリーを揺すぶりながら、胸に手を伸ばしてくる。

「やっ、一緒、駄目っ……」

体を起こしたのはそのためだったのだ。同時に二か所を愛撫され、マリーは身を捩《よじ》った。

「じゃあ、こっちは？」

胸が解放されたと思ったら、今度は陰核に指を這わせてきた。

その途端、強い快感に勝手に体が反応して、マリーの膣は引き絞るように収縮した。

「くっ……」

ユベールは小さく呻《うめ》くと、これまで以上に激しく奥を穿《うが》ち始めた。

――気持ち良い――それしか考えられなくて、マリーはユベールの下で啼《な》いた。

こちらだけ中途半端に着衣が残っているのが、がっつかれているみたいで淫らだった。

「マリー、また……」

ユベールは囁くと、奥にぐりゅ、と先端を押し付けてきた。

マリーはぎゅっと目を瞑《つむ》り、快感を堪《こら》える。膣壁《ちつへき》が収縮し、ユベールの形を、太さを実感する。

一拍遅れて、彼のものがビクンと痙攣し、最奥に熱を感じた。

ややあって、ユベールはマリーの額に口付けてきた。

「あの、終わったんですよね……？」

おずおずと尋ねると、ユベールは頷いた。

「マリーは？　熱は鎮まったのか？」

「はい、ありがとうございました」

「すまない。俺が魔力を流したせいで……」

「いえ……恐らく実際に体験しなければ、私、理解できなかったと思います」

マリーは何となく気まずくて目を逸らした。

すると、ユベールは身を離した。と同時に彼のものも抜け、中に注がれたものが溢れ出てきた。

「浄化しないと……」

ユベールはつぶやくと、マリーの下腹部に手を当ててきた。一般的に、交わってから一時間以内に浄化の魔法を使えば妊娠はしないと言われている。

子供を作るのはまだ早い。結婚後でなければ社交界から後ろ指さされてしまう。

だが、マリーはその手を制止した。

「折角の機会なので、このまま婚姻契約を結びませんか……？」

この契約魔法は、交わった直後、男性の体液が注がれた状態でないとできない。

「……婚姻契約はまだ早いと思う」

予想外の答えが返ってきて、マリーは呆気に取られた。

「マリーは流されて俺に体を許しただけだ。そんな状態で契約を結んだらきっと後悔する」

「何を言ってるんですか。私を傷物にしておいて……」

純潔を彼に捧げた。既に自分は綺麗な体ではない。今更ながらにそう実感すると、喪失感が湧き上がってきた。

でも、不思議と後悔はなかった。

「元々、あなたで妥協してもいいのかなとは思っていたんです。だからいいです。してください」

「駄目だ。一時の感情で決めたら絶対後悔する」

ユベールはそう告げると、マリーが更に抗議する前に浄化の魔法を放った。

「嘘、何で……」

マリーは呆然とする。

「折角、人が婚姻契約を結ぶって言ったのに……。あなたのためなんですよ！」

「だから、もう少し考えた方がいい。次の討伐は春という話になっているから、まだ時間がある」

「春まで考えた結果、やっぱりしません、婚約を解消してくださいと私が言ったら受けてくださるんですか？」

「それは駄目だ」

即答され、マリーは眉間に皺を寄せた。

「では、今契約しても良かったのではありませんか？」

「…………」

ユベールは沈黙すると目を逸らした。

その顔を見た瞬間、ぱっとある考えが脳裏に浮かんだ。

「まさか、また改めて体を重ねる理由が作れる、なんて考えたのでは……」

「なっ、違う！　さすがにこの状況で俺に縛り付けるのはどうかと思っただけだ！　少しだけ……魔力の性質が同じになるのはもったいないとは思ったが……」

ユベールの発言に、マリーはあんぐりと口を開けた。

「馬鹿なんですか……？」

「いや、ちょっとだけそういう考えが頭の中をよぎっただけだ！　しなかった理由は、一度契約したら取り返しがつかないからで！」

——本当だろうか。

マリーは弁解するユベールに、疑いの目を向けた。

「どうしても今日契約が結びたいのなら、もう一度してもいいが？　マリーの魔力を流してもらえばできると思う」

ユベールの提案に、マリーはギョッとした。

「無理です！　体力が持ちません！」

剥《む》き出しだった胸元を隠し、マリーは慌ててユベールから距離を取った。

「……マリー、我慢できずに手を出した俺が聞くことではないかもしれないが……」

「何ですか？」

「体を許して本当に良かったのか？」

「聞かないでください。今、ちょっと後悔してるので」

「そうか」

淡々としているユベールの様子に、マリーは眉をひそめた。

「怒らないんですか？」

「マリーが俺を好きではないことを知っているからな。だが、お前は俺が傷物にした。もしお前が何もかも捨てて逃げたとしても、その事実は一生消えない」

そう囁くユベールは、いつぞやと同じく仄暗い雰囲気を漂わせた。

マリーは小さく息をついてから、彼に尋ねる。

「一つだけ教えていただけますか？」

「何だ？」

「私に執着するのは、魔力が原因ですか？」

「違う」

ユベールは即座に否定した。

「俺を嫌いながらも、婚約者としての義務を果たそうとする姿が好ましかった。それ以外にも好感を抱くきっかけになった出来事はあったが、一つひとつを説明するととても長くなる。魔力が気になり始めるきっかけだったのは認めるが、それだけじゃない」

きっぱりと言い切ってくれたので、マリーは安堵した。

「……私、自分でもユベール様に対する気持ちが何なのかよくわかりません。それでもいいですか？」

「構わない。俺はマリーが傍にいてくれるなら、どんな状態だっていい」

「ユベール様、馬鹿ですね」

真顔でつぶやくと、ユベールは不快だったのか眉間に皺を寄せた。

そんな彼に向かってマリーは微笑みかけた。

「仕方ないので妥協してさしあげます。ここまで私を想ってくれるなら、大切にしてくださると思いますので」

可愛くない発言だと自分でも思った。

でも、嫌悪が好意に変わりつつあるのを彼に知られるのは癪《しゃく》だから、マリーはこんな言い方しかできない。

「俺は年下で未熟な人間だ。これからもマリーを不用意な言動で悲しませてしまうかもしれない。でも精一杯大事にする」

ユベールはマリーの手を取って持ち上げると、指先に口付けた。まるで騎士の誓いだ。

(何なのこの人、ここでこんな……)

主君に対するそれは忠誠を、女性に対するそれは永遠の愛を示す仕草である。

素直になれない自分と違って、真正面から想いを伝えてくるユベールが眩しくて、マリーは強い敗北感を覚えた。

エピローグ

マリーが領都ラトウィンのゲートに到着すると、懐中時計を手にベンチに座るユベールの姿が見えた。

「ユベール様」

声を掛けると、彼は時計をウェストコートのポケットにしまい、勢いよく立ち上がった。

「お忙しいのに迎えに来てくださったんですか？」

「忙しいからこそだ。一分一秒たりとも無駄にしたくない」

そう告げると、ユベールは淡く微笑んだ。

エスコートのために差し出された手を取ると、マリーはゲートの建物を出て、外に待機していたラトウィッジ侯爵家の馬車に乗り込んだ。

「やっと二人きりになれた。マリー、触れても構わないか？」

「どうぞ」

許可を出すと、ユベールはマリーの頬に指先を伸ばした。

「二か月ぶりのマリーだ」

「そうですね。なかなかこちらに来られなくて申し訳ありませんでした。グエンは落ち着いたのでもう大丈夫です」

何もなければ、王都に戻ってから一週間後くらいにこちらを訪れる予定だったのだが叶わなかった。マリーの弟のグエンが魔力器官に穴ができる病で倒れたせいだ。

この病気の治療には、継続的に治癒魔法をかけ続ける必要があった。症状が落ち着くまでの間、マリーは王都を離れられなかった。

ユベールもまた、領地のごたごたがまだ収まっていないので、コートニー邸を訊ねることもできずずっと会えていなかったのである。

「グエンが良くなったのなら良かった」

「まだもう少し療養が必要なんですけど、本人は早く学校に戻りたがっています」

「休めば休むだけ大変になるからな……」

ユベールはグエンの通うロイヤル・カレッジの卒業生である。

自分が学生だった頃を思い出したのか、顔をしかめた。

「そんなに大変な時期なのに、時々父のところにも顔を出してくれたらしいな。ありがとう」

まだシャールもエレノアも領地に戻れていない。

シャールは、魔人化の魔道具の影響がまだわずかに残っていた。エレノアは彼の世話と、魔人化の魔道具が流出した原因の調査と追求のために王都を離れられないのだ。二人とも、ラトウィッジ侯爵家が王都に所有する屋敷に滞在中である。

「それほど大したことでは……。そちらとうちは距離的にも近いですし。シャール様は随分と元気になられましたよ」

「知っている。領地のことで、よく魔法でやり取りしているからな」

ユベールは面倒臭そうな顔をした。

「嫌なんですか？　シャール様とお話するの」

「あの人は細かいんだ。さっさと引退したいと言ってる割には、何でも自分で確認しないと気が済まないらしい」

「引退を考えていらっしゃるんですか？　今回のことが原因で？」

「隠居希望は前からだ。母と田舎に引きこもりたいとずっと言っている」

「シャール様なら言いそうです」

マリーは二人の仲睦まじい様子を思い浮かべた。

「ユベール様の方が、私以上に大変だったのではありませんか？」

彼は今、オードの助けを借りて領主代行を務めている。シャールが抜けた穴を埋めるために、かなり多忙な日々を過ごしているはずだ。

「慣れたらそれほどでもなくなった。父からある程度は仕込まれていたからな」

「ですが、領内全部を見回られている最中ですよね……？」

ユトナ村の生存者であるセレストの証言だけでなく、シャールからも領内に問題があったことが明らかになった。彼は、魔人化の魔道具を通して、半人半鳥の魔人に変わった女性・ジャンヌの記憶を読み取っていたのだ。

ジャンヌは出身地であるユトナ村の村長と、その息子のニールに酷く恨みを抱いていた。

村長はシャールが派遣した徴税官と癒着し、ユトナ村に独裁者として君臨していた。

村一番の美少女に生まれたジャンヌは、ニールから性的な嫌がらせを受け続け、嫌気が差して家出して王都に逃げた。

そしてある貴族の屋敷で働き始めたまでは良かったのだが、美貌に目を付けた主人に手籠めにされた。更にそれが夫人にバレて、身一つで叩き出されてしまった。

悪いことは続くもので、ジャンヌはその時に子供を身ごもっていた。

どうにか食堂の給仕の職を見つけたものの、日に日に大きくなる腹を抱え、ジャンヌは途方に暮れた。身投げを考え、大通りの橋の上で立ち尽くしていたところ、怪しい占い師が近付いてきて、魔人化の魔道具を渡した——というのが例の事件の発端だったようだ。

ジャンヌは自分を虐げた何もかもを憎み、復讐のために魔道具を使った。

その結果、彼女はお腹の中の胎児ともども魔人化した。しかし胎児の魔力が高過ぎて、産み落とすと同時に酷く弱ってしまった。

子供の魔人は、ジャンヌの遺志を継ぎ、弱った母の体を操作してユトナ村を襲った。

そして村長を任命したシャールに復讐するため、森の中に巣を作って待ち構えていた。領主である彼を血祭りにあげたあとは、自分の生物学上の父親を襲うつもりだったようだ。

魔人化の魔道具なるものが流出した原因は、三年前に退職した魔道具研究所の研究員だった。

彼が禁書庫に出入りして不審な動きをする様子が、監視用の魔道具に記録されていたらしい。その研究員は早速大々的に手配されたが、今のところその足取りは全く掴めていない。件《くだん》の魔道具の作成には大量の人の血液が必要らしく、背後には何か大きな組織が蠢《うごめ》いているのではないかと推測されている。予想外に大きな話になりそうで、マリーは不安だった。

このような状況なので、ユベールは多忙を極めており、マリーやシャールの様子を見るために、王都に出ることもままならなかった。

マリーはこっそりとユベールの横顔を窺った。少し痩せたような気がする。

「ちゃんと眠れていますか？」

「ああ。心配してくれて嬉しい」

素直に微笑まれると調子が狂う。

マリーは小さく息をつくと、持参した鞄の中からラッピングした袋を取り出して彼に差し出した。

「お約束していた護符です。以前お渡ししたものよりも役に立つはずです」

「開けても構わないか？」

「どうぞ」

ユベールは袋を開けて中身を取り出した。

「俺の魔法紋を入れてくれたのか」

「はい、複雑なので苦労しました」

「ありがとう」

また心臓に悪い笑みを向けられたので、マリーはユベールから目を逸らし、窓の外に視線を向けた。

そしていつもとは何か違う景色に気付き、首を傾げた。

「ユベール様、道が違うような気がするんですが……」

「合っている。今日は、先に宝飾品店に寄ろうと思って……」

そう告げるユベールの顔は、わずかに強張《こわば》っていた。

「……もしかして、私に何か買ってくださるんですか？」

マリーの質問に、ユベールはこくりと頷いた。

「マリーさえ良ければ、何か贈らせてほしい。その髪飾り以外に形に残るものを贈ったことがなかったから……」

今日、マリーはユベールから貰った髪飾りを付けてきていた。

「マリーは俺から形に残るものを贈られるのは嫌かもしれないが……。それで遠回しに花がいいと言ったんだよな？」

「気付いていたんですか……」

「ああ。でも出会った時の俺の行動が行動だから、仕方ないと思っていた」

「……今のユベール様からなら嫌ではありません」

マリーは小さく息をついた。そして、ユベールに向き直る。

「宝飾品ではなく、ドレスを贈っていただけませんか？　随分と私のドレスにご意見があるようだったので、ユベール様の選ぶ物がどんなものか見てみたいです」

思い出したら少し腹が立ってきたので、マリーは挑戦的な目をユベールに向けた。

「最近の流行は胸が開き過ぎているんだ。俺がマリーを見ると、胸の谷間が……」

ユベールは、気まずそうに視線を逸らした。

「マリーは気付いていないかもしれないが、今の流行っているドレスは目のやり場に困る。大喜びしてる連中もいるが……」

マリーは思わず胸元を手で押さえた。

「流行の型のものを着るのが大切なのは俺にもわかる。だがレースで誤魔化すとか、少しでいいから配慮してほしい。マリーの胸の谷間を他の男に見せたくない」

「素直に理由を話してくださったら良かったのに……」

今後は男性との身長差も考えて、胸元を調整した方がいいかもしれない。マリーは手持ちのドレスを思い浮かべた。

「……もしかして、以前私に目が気持ち悪いとおっしゃったのも、何か別の意図がありました？」

「何の話だ？」

「ユベール様の発言ですよ！　この髪飾りを買っていただいた時です。私は忘れていません」

マリーは自分の頭を指さしながら詰め寄った。

「そんな発言をした覚えはない。俺は絶対にそんなことは言わない」

あまりにもきっぱりと言うので、マリーは眉をひそめた。

「顔がやけに近くて、驚いて何か口走ったような覚えはあるが……。気持ち悪いなんて絶対に言っていない。記憶違いじゃないのか」

「……それはあるかも」

あの頃はユベールが嫌いで仕方なかったから、過剰に反応してより悪く捉えてしまったかもしれない。

「あの時の態度で不快な気持ちにさせたのなら申し訳なかった。俺が全面的に悪い」

「いえ……。私も記憶が定かではないのに、問い詰めたりしてごめんなさい」

「いや、マリーは悪くない」

「ユベール様、本当に変わりましたね……」

まじまじと見つめると、苦笑いが返ってきた。

◆　◆　◆

ユベールはマリーを領都の中心街にある、エレノア行きつけのドレスメーカーに連れて行った。

約束なしの訪問だったが、上得意であるラトウィッジ侯爵家を無碍《むげ》にする商店は領都にはまずない。すぐにオーナーが出てきて、応接室に通してくれた。

マリーはユベールを変わったというが、変わったのは彼女も同じだ。

デザイナーと楽しげにやり取りをするマリーを目の前に、ユベールは実感していた。

気持ちを素直に伝えたら、マリーの態度は大きく変化した。

まんざらでもない様子を見せるから、ユベールはそこに付け込んだ。彼女が手に入るのなら、なりふり構っている余裕はなかった。

何がマリーの心を動かしたのかは、ユベールにはわからない。他人から褒められるエレノア似の容姿のおかげか、侯爵家の財産や地位のおかげか。

だけど、何だっていい。マリーが手に入るなら、ユベールは持って生まれてきたものを存分に活用するだけだ。

「ユベール様、どちらがいいと思いますか？」

マリーがデザイン画を手にユベールに質問してきた。

これは、選択を間違えたら、また彼女を怒らせてしまうのではないだろうか。

不安を覚えながらも、聞いてくれたこと自体は嬉しくて、ユベールは真剣にデザインを見比べた。

「どちらも胸が開き過ぎだな……」

眉をひそめたユベールに向かって苦笑いを浮かべたデザイナーが、金糸で織ったレースを差し出してきた。

「これが今の流行なんですよね……。ですから、こちらのレースを胸元にあしらおうかなと思っています」

「生地は深い青にするつもりです。金糸の刺繍を入れてもらって……」

自分の髪と瞳の色のドレスを作るというマリーの発言に、ユベールは目を見開いた。

◆　◆　◆

ドレスメーカーを出るなり、マリーはユベールに物陰に連れ込まれた。

「どういうつもりだ」

怖い顔で尋ねられ、マリーは眉をひそめる。

「何の話ですか？」

「ドレスの色のことだ」

「青いドレスを着たい気分だっただけですが、何か問題ありましたか？」

「あなたの色を纏《まと》おうと思いました」とは言いたくなくてとぼけたら、ユベールは眉間に皺を寄せたまま黙り込んだ。

「冗談ですよ。婚約者から初めて贈っていただくドレスなので、ユベール様の瞳のお色味にしました」

「……そんなことされたら、勘違いする」

「勘違いとは？」

「俺を、少しは好きになってくれたんじゃないかと……」

ユベールの真剣な顔に、マリーは答えに詰まった。

「前ほど嫌いではありません」

少し考えてから答えると、ユベールは頬を染めて口元に手をやった。

「そんなに嬉しいですか？」

「当たり前だ。俺が努力し続けたら、もっとマリーの気持ちが変わるかもしれない」

「……そうかもしれないですね」

やっぱりユベールには素直になれない。

マリー目を逸らしながら相槌を打った。

すると、視界の端に、彼がこちらに手を伸ばしかけて、途中で諦めるのが見えた。

「その行動、何ですか？」

「……必要以上に触れるのは許されてなかったなと思って」

ユベールの返事に、マリーは呆気に取られた。

体を重ねたあとなのに、律儀に約束を守ろうとするその姿に何だかむずむずする。

「マリーが嫌がることはしたくない」

「…………」

マリーは沈黙したままユベールに近付くと、こつんと胸に頭を寄せた。

「マリー？」

「今はこれくらいなら……」

ユベールは、おずおずと手をこちらの体に回そうとしてきた。

その気配を察知し、マリーはすっと身を離す。

「誰か来るかもしれないから、これ以上は駄目です」

「マリーは意地悪だ」

「ご不満ですか？」

「いや、元は俺が悪いから……」

ユベールは、バツが悪そうに目を逸らした。

「努力を続けてくださるユベール様の姿は好ましいです」

ぽつりと告げると、彼は驚きの表情をこちらに向けてきた。

「私、疲れてしまいました。そろそろ戻りませんか？」

マリーは、あえて強引に話題を変える。

ユベールへの好意が増しているのは事実だが、まだ完全に許した訳ではないのだ。

「もっと頑張ってください、ユベール様」

「なら、頑張らせてほしい」

ユベールはそう告げると、マリーに手を差し出してきた。

その手を取ると、彼は自分の体にマリーを引き寄せる。

（本当に私のことが好きでたまらないのね）

マリーは口元に笑みを浮かべると、黙って密着したままの移動を受け入れた。

番外編　婚姻契約

今回のマリーの二か月ぶりの訪問は、ユベールとの婚姻契約を結ぶことも目的に含まれていた。

ルカリオには「久しぶりの訪問だから」と説明し、一泊する許しを得てこちらに来たそうだ。

ドレスを注文してから屋敷に戻り、二人きりの晩餐を済ませ——

夜の訪れを、ユベールは緊張しながら待った。

(本当に大丈夫だろうか……)

半分疑いながら、ユベールはマリーのために準備させた寝室へと向かった。

深呼吸をしてからドアをノックすると、小さな足音が聞こえてきてマリーが顔を出した。

シャツにトラウザーズ姿の自分に対して、マリーは既にナイトウェア姿だった。

シンプルで上品な生成りのそれの上にガウンを羽織った姿が眩しくて、ユベールは食い入るように見つめてしまう。

いつも髪飾りやリボンで凝った形に結っている髪を、全て下ろしているのがまた新鮮だった。

普通であれば配偶者にしか許されない姿を、まだ婚約中なのに見せてもらっている。

そう思うと、優越感が湧き上がった。

「……どうぞ」

消え入りそうな小さな声で、マリーは室内にユベールを迎え入れてくれた。

「マリー、本当に良いのか?」

「何度も聞かないでください。決意が鈍ります」

マリーは頬を染めて目を伏せながら、ユベールにソファを勧めた。

ユベールはドアをしっかりと閉め、内鍵をかけてからソファへ移動した。

これでこの部屋は二人きりの密室になった。

マリーはもう逃げられない。そう実感すると、暗い欲望が湧き上がった。

早く目の前の愛らしい生き物を捕食したい。

自分の中の獰猛な感情が目覚める。

「あの、まずはお茶でも飲みませんか？　緊張して……」

マリーは強張《こわば》った表情で提案してきた。

「淹れてくれるのか？」

「もちろんです」

マリーが屋敷の使用人に用意させたのか、室内には茶器が載ったワゴンがあった。

ユベールはソファに座り、お茶の準備を始めたマリーの様子を観察する。

（正式に結婚したら、この光景が普通になるんだろうか）

つい想像し、ユベールは口元が緩みそうになるのを必死に堪《た》えた。

ややあって、紅茶の良い香りが漂ってきた。ユベールが好んでいる銘柄のものだ。

「蒸らす時間が少し退屈ですね」

マリーは時間を測るための砂時計に触れて微笑みかけてきた。

それから彼女は焼き菓子を綺麗に盛り付けてこちらに持ってくる。

その所作の一つひとつが優雅でとても綺麗だ。

「マリー」

腕を捉えて抱き寄せようとすると、抵抗された。

「まだ駄目です。せっかく淹れたお茶が苦くなったら悲しいです」

マリーはユベールを叱りつけると、するりと離れた。

つり目がちの顔立ちとも相まって猫のようだ。

普段ツンツンしていて何を考えているかわからないのに、時々甘い顔を見せるから、こんなにも惹きつけられるのかもしれない。

「こちらに初めてお邪魔した時は、ユベール様とこうなるなんて思ってもみませんでした。婚約が成立したとしても、義務だけで結ばれた夫婦になるのかなって」

義務感だけではないと、好意もあるのだと、ほのめかすような発言に心拍数が上がる。

わずかな言葉にこちらが一喜一憂していることに、マリーは気付いているのだろうか。

わざと揺さぶって楽しんでいるのなら悪女だし、無自覚なら性質《たち》が悪い。

砂時計の中の砂が全て落ち切った。

マリーは二人分のティーカップに紅茶を注ぐとこちらに持参し、ユベールの隣にちょこんと座った。ユベールは早速ティーカップに口を付けた。やはりマリーが淹れたお茶は特別に美味しい。

こくりと嚥下《えんげ》した直後だった。

指先が上手く動かなくなり、ユベールは目を見張った。

既視感を覚え、気合でティーカップを机に置くと、ユベールはマリーに視線を向けた。

「また引っかかるなんて……」

マリーは小声でつぶやくと、ユベールに向き直った。

「マリー……。どうして……？」

体の自由を奪うけれど、意識は明瞭に保てる――。拷問や性犯罪、娼館などで使われている錬金薬だろう。それをまた盛られたらしい。

自力で姿勢を保てなくなり、ユベールはソファに身を預けた。

やはり婚姻契約を結ぶのは嫌だったのだろうか。

不安を覚えながら動向を見守っていると、マリーは何かの魔法を自分に使い、ユベールの腰を無造作に掴んだ。

体格差があるのに子供のようにやすやすと抱えられて、彼女が使った魔法の正体を悟った。

恐らく筋力を強化する魔法だ。そうでなければ、この細腕でユベールを抱えられる訳がない。

いったいどうするつもりなのかと恐怖を覚えながら見守っていると、マリーはユベールをベッドの上に降ろして丁重な手付きで横たえた。

それからシャツのボタンに手をかけてくる。

「何のつもりだ……」

警戒しながら尋ねると、マリーは恥ずかしそうに目を逸らしながら教えてくれた。

「ユベール様がいけないんです。この間は、私がいいと言ったのに、浄化の魔法を使ってしまわれたでしょう？　その時に、こちらが不安になるような発言をなさったから……」

ユベールはぽかんと目と口を見開いた。

マリーはユベールの体から遠慮なく服を剥《は》ぎ取った。薬のせいで全く体を動かせず、身体強化の魔法を彼女が使っていることと相まって、人に世話をされなければ生きていけない赤子になったような気分である。

彼女は大胆にもユベールを全裸にすると、持参した荷物の中からロープを取り出して戻ってきた。

服を脱がせたということは、性行為をするつもりではあるのだろうか。

どうせ抵抗はできないので成り行きを見守っていると、マリーは首を傾げながら、ロープをユベールの腕に巻き付け始めた。

「えっと、確か、こう……？」

ロープが解《ほど》けないように結ぶにはコツがいる。それを実践しようとしているように見えたが、マリーの手付きはたどたどしかった。

（たぶんこれ、間違ってるな……）

彼女がやろうとしているのは、犯罪者を拘束する時に警吏が使う結び方に似ていたが、何か形がおかしい。

それに自分でも気付いているのか、マリーは眉間に皺を寄せた。

「……手を縛るのは、浄化の魔法を使わせないためか？」

魔力回路は、魔力器官から手に向かって刻まれる。そのため、ほとんどの魔法は両手が自由になっていなければ使えない。

「そうです。あなたを信頼できないので、婚姻契約は私がやります。やり方は覚えてきました」

この契約魔法は、男からお互いに施すのが一般的である。

性的辱《はずかし》めの時と同じだ。術式を間違えた魔道具のような行動を取る女性だと思ってはいたが、これは予想の斜め上を行く動機と行動である。

（ロープの結び方が違うが大丈夫か……？）

マリーは真面目な努力家だが、どこか抜けていて大雑把なところがある。

ユベールは一抹の不安を覚えたが、上手くいかなければ、もう一度行為をする理由ができることに気付いたので沈黙を守ると決めた。

ちょっと卑劣な考えのような気もしたが、年頃の健全な男としては、愛する女性には何度だって触れたいのである。

不審な薬物を盛られた上に、全裸で縛られて女に襲われる——

状況だけを切り取れば屈辱的だが、相手がマリーという時点でユベールにとってはご褒美である。

また縛り方が危ういものだから、段々面白くなってきた。

更に傑作なことに、拘束がおかしいままでも問題ないと判断したらしく、マリーはユベールの手を持ち上げると、ベッドのヘッドボードにロープを結わえた。

こちらの結び方もまたおかしい。

ロープワークは生存術《サバイバル》の基本である。魔の森に頻繁に潜る関係上、ユベールにはその心得がある。

(ちょっと力を入れたら解《ほど》けそうだな……)

半ば呆れながら観察していると、満足げに頷くものだから、ユベールは吹き出しそうになった。

マリーはガウンを脱ぎ捨て、下着だけを取り払うと、ユベールの傍に戻ってきた。

「女性に責められるのがお好きだとおっしゃっていたのは本当だったんですね……。はしたないです」

マリーの視線はこちらの局部に向いている。

好きでたまらない女性が、可愛らしく淫らな行動を取ろうとしているのだから、こうなるに決まっている。

欲を言えば脱いでほしいが、下手な要求をして機嫌を損ねられるのは避けたい。

この状況で放置されたら色々な意味で辛い。ユベールは我慢することにした。

「ユベール様、私に魔力を流してください」

そう告げると、マリーは頭上に固定したユベールの手に自身の手を重ねてきた。

「……何故?」

「い、いやらしい気持ちにならないと体を繋げられないでしょう？　何もしないままだと入らないことくらい、私にもわかります」

頬を染めながら理由を説明してくれたマリーは凶悪に愛らしく、顔がだらしなく緩みそうになった。

ユベールは自制のために渋い表情を作ると、触れ合った場所から魔力を流した。すると、マリーはピクンと震え、頬を紅潮させた。

ナイトウェアに覆われていても、彼女の胸の頂《いただき》が反応するのが見えた。自分の魔力が彼女限定で媚薬のような効果を発揮するなんて、最高に淫らである。

薄手のものを身に付けているとはいえ、生地が邪魔だ。拘束されていなければ、今すぐにでも裸に剥《む》いてやるのに。

初めて抱いた時に目にしたマリーの半裸は、眩しいほどに綺麗だった。その媚態はユベールの脳裏にこびり付いている。

マリーは、目の前にいる男が、これまで頭の中で、何度も彼女を犯す妄想をしてきたことをもちろん知らないに違いない。

「入れますね……」

消え入りそうな声で囁くと、マリーはユベールの上にまたがってきた。

ナイトウェアが邪魔だ。その薄衣《うすぎぬ》の向こう側が気になる。

男を受け入れる場所はしとどに蜜を垂らし、誘うようにひくついているのだろうか。

ユベールは、初めて彼女を抱いた時に目にした秘められた場所を、頭の中で思い浮かべた。

マリーの花弁はとても淫らで綺麗だった。そこに自身の穢らわしいものを捩《ね》じ込んだ時の様子を、何度思い浮かべて自分を慰めたかわからない。

（小さいのに、俺のを全部咥《くわ》え込んで……）

少し腰を引いた時、自身のものに破瓜の血が纏《まと》わりついていた。それがどれほどユベールの獣欲を満たしたか、彼女は知らない。

記憶をたどりながら静観していると、ついに互いの性器同士が触れ合った。

自身から伝わってきた濡れた感触に、彼女が既に蜜を垂らしているのを把握する。

なんて卑猥で可愛いんだろう。頭にかあっと血が上った。

（早く繋がりたい……）

だけど、マリーは手間取っている。

「やだ、どうして？　上手く入らない……」

「指で解《ほぐ》さないと難しいんじゃないか？　かなり狭かったから……」

接触だけでも気持ち良いが、それだけでは満足できない。

ユベールはマリーにアドバイスした。彼女の自慰を見たいという下心も混ざっている。

「解《ほぐ》す……？　ユベール様にされたみたいに……？」

マリーは青ざめた。

「自分でするのが難しいなら拘束を解《と》いてくれ」

「それは駄目です。私はユベール様が信用できません。婚姻契約はあなたのためなのに……」

確かに自分に比べると、マリーにとっての利点はそこまで大きくない。

討伐や戦地には出ない女性にとって、攻撃に特化した雷の副属性は、護身術の強化程度の役にしか立たないので、魔力が若干増える程度のメリットしかない。

マリーは少し躊躇いながら、おずおずとナイトウェアの裾に手を入れた。

だが、薄布が邪魔で、何が行われているのかちっとも見えない。

ユベールは苛立ちを覚えながらも、食い入るように彼女の様子を観察した。

◆　◆　◆

（どうしよう……全然気持ち良くないわ……）

マリーはユベールにされたことをなぞらえて、自分の性器に指を這わせてみたが、彼が触れた時と全然違う感覚に戸惑っていた。

（ここが入り口……？）

そう思う場所に力を入れてみると、指先が飲み込まれていく。

（わ……。確かに狭い……）

狭くて、濡れていて、温かくて、それでいて、ところどころ凸凹がある。

（ここで私、ユベール様のものを……）

受け入れていたと思うと恥ずかしい。

（この凸凹と濡れた感触の中で擦《こす》り合わせると、男性は快感を得るのね。……やだ、私、何を考えているのかしら）

マリーは分析している自分が恥ずかしくなって、慌てて頭の中の考えを振り払った。

だが――

（自分で触っても異物感しかないのは、太さや形が違うから……？　殿方の淫らな形状には意味があるのね……）

考えるのをやめられず、だんだんいらやしい気持ちが膨らんできた。

（こんなの、駄目なのに）

貞節な淑女としては失格だ。

（何もかもユベール様が悪いのよ）

八つ当たりじみた考えが頭の中に浮かんだ。

（いえ、これは八つ当たりではないわ。そもそもユベール様が、前回、浄化なんかするから……）

このまま彼に任せておいて、何度も同じことを繰り返されたらたまらない。

魔力の相性が良いから、治癒魔法は今のままでも問題なくユベールに施せる。だが、副属性や魔力を増幅させる効果は、マリーではなくユベールにこそ必要なはずである。

（私がここまでする必要がある？）

そんな気持ちが湧き上がる一方で、傷ついて死にかけたユベールの姿が、頭の中に焼き付いて離れない。

ユベールで妥協すると決め、純潔も既に捧げたのだから、彼に死なれては困る。マリーは自分に言い聞かせた。

彼の表情を窺うと、熱を帯びた青い瞳と目が合った。

(こんなにも私を求めて、可哀想)

見た目にも身分にも恵まれているのに、何故か彼は自分に執着している。

二年間の彼の行動に傷つき続けてきたから、どうしたって冷たくするのに。

人口の約半分は女だ。社交界に目を向ければ、マリーより若くて綺麗な女性は何人だっていた。

(ユベール様の性癖って、そこまでおかしくない気がするのよね……)

『責められるのが好き』の度合いがどれくらいなのかにもよるが、マリーが以前、彼を辱《はずかし》めた時程度でいいのなら、理解して付き合ってくれる女性は普通にいると思う。

そういう人と一から関係を作る方が、どう考えたって簡単だ。

(でも、それだと駄目なんですよね、ユベール様)

薄暗い愉悦が湧き上がった。

絆《ほだ》されたと思っていたけれど、本当は違うのかもしれない。だって、自分を必死に見つめる彼の眼差しを見るとゾクゾクする。

自分の汚さや醜さを自覚するから、少し苦しくて辛いけれど、これはこれで悪くないとも思えるのだ。

マリーは少しだけ、わざとらしくならないように気を付けて、ナイトウェアの裾をはだけさせてみた。

すると、ユベールが目を見開いた。

まるで何かを見つけた時のミュウみたいだ。

太腿の半ば辺りまで見せただけなのに、それでも反応するのが少しおかしかった。

こちらの些細な行動に動揺する姿が楽しい。

自分には、やはり嗜虐的な傾向があるのかもしれない。


(そろそろいいかな……?)

マリーは改めてユベールに向き直ると再挑戦を試みた。

恥じらいを捨て、思い切ってユベールのものを掴んでみる。

すると、彼の体がピクリと反応した。

指先に感じる彼のものは、太くて硬くて熱い。

(まだしっかりと興奮していらっしゃるのね)

マリーは口元に笑みを浮かべると、男性器をしっかりと固定してから、自分の入り口にあてがった。

確か、前回ユベールは、性器を擦《こす》り付けて、マリーから分泌する体液で先端を濡らしてから入り込んできた気がする。

(潤した方が良いのかしら)

マリーはゆっくりと腰を前後させてみた。

「あっ……」

陰核に熱くて硬いものが当たると微弱な快感があった。

（駄目、これ、恥ずかしい……）

変な声が漏れてしまう。

今日の一番の目標は婚姻契約だ。自分の快楽は必須ではないし、乱れる姿は淑女らしくないので見られたくない。

マリーは敏感な所に当たらないように気を付けながら、腰を動かした。

ユベールの息が荒くなっている。もしかして気持ち良いのだろうか。

潤んだ青い瞳がマリーに注がれている。

（こういうのが本当にお好きなのね……）

悦《よろこ》んでいる様子を見せる彼は可愛らしい。

マリーはそんな風に感じる自分に驚きながらも、ゆっくりと体重をかけてみた。

「んっ……」

（すごい、入ってきた……）

今度は上手くできた。ユベールのものが、少しずつ中に入ってくる。

（おっきい……）

一度受け入れたことがあるものなのに、思っていたよりも大きくて、マリーは圧迫感に眉をひそめた。

「大丈夫か……？」

彼も苦しいのだろうか。眉間に皺を寄せて尋ねてくる。

「はい。無理矢理広がってる感じがちょっと苦しくて……。でも、痛くはないです」

自分の指と全然太さが違う。長さも硬さも熱も。

マリーは大きく息をつきながら、少しずつ腰を沈めた。

ユベールのものが、閉ざされた膣内をみちみちと切り開いていく。

初めての時に指で暴かれた性感帯に到達し、マリーは眉をひそめた。

ここはあまり刺激しないように気を付けた方が良さそうだ。

慎重に腰を下ろしていったら、ようやく一番奥に先端が触れた。

(あ、ここ、絶対駄目……)

自重で少し沈めてみて、マリーは思いとどまった。

ここに全体重をかけ、根元までしっかり受け入れたら、たぶんおかしくなってしまう。

本能的に恐怖を覚え、位置を調整する。

「わかりますか？　全部入りました」

マリーはユベールに向き直ると、声をかけた。

「見たい」

ねだられるが、マリーは首を横に振った。

「恥ずかしいから駄目」

「こんなに淫らなことをしておいて？」

「したくてしているのではありません」

ムッとして言い返すと、ユベールは不服そうに小さく息をついた。

「気持ち良いですか？」

「いいけど、このままではいつまで経っても終わらないぞ。動いてもらわないと」

「動く……？」

「動いて、抜き差しして、マリーの中で俺のものをたくさん擦《こす》ってもらわないと、射精できない」

あけすけな物言いに、マリーはかあっと頬を染めた。

確かに初めて繋がった時、すごく激しかった。

（あれを私がやるの……？　無理……！）

想像してマリーは青ざめた。

自分から腰を振るなんて淫らで無様な真似、淑女としてやりたくない。

だが、ユベールに気持ち良くなって射精してもらわなければ、婚姻契約ができない。

マリーは考えた。そして、代替案を思いついた。

手を、彼の割れた腹筋の上に置くと、その思いつきを実行に移す。

――マリーは、手のひらから思い切り魔力を彼に流し込んだ。

「くっ……」

「ひゃんっ！」

ユベールは顔をしかめると身を捩《よじ》った。

途端に強く突き上げられ、マリーは悲鳴を上げた。

その拍子に彼のものが、深い場所まで潜り込んできた。

「ああっ……」

マリーはその衝撃で軽く絶頂に達した。

膣襞がひくひくと痙攣し、中にある彼のものを強く締め付けるのがわかった。

「マリーは馬鹿だな……」

余韻に浸っていると、ユベールの手が解放されていた。

「えっ……？」

いつの間にかロープが解《と》けて、ユベールは縛られていた手首を顔をしかめながら確認している。

「ロープの結び方が下手すぎる。少し力を入れただけで解《ほど》けたぞ」

「嘘。薬は……？」

「マリーの魔力が流れたら効果が消えた。強い魔力に反応したのかも？　原理はよくわからない」

そう答えると、ユベールはマリーの腰をがっちりと掴み、強く下から突き上げてきた。

「んああっ！」

強い快感に、マリーは悲鳴を上げた。

そんなマリーの様子を満足げに眺めると、ユベールはゆっくりと体を起こした。

彼のものの当たり方が変わって、マリーは小さく呻《うめ》く。

繋がったまま、向かい合って座る体勢になると、ユベールはマリーの体に腕を回してきた。

「薬が効いている限り、反撃は無理だなと思って諦めてたんだが……」

口元に笑みを浮かべる彼の顔に、マリーは唖然とした。

ロープの縛り方は、あらかじめ予習していた。だが、実践では練習のように上手く結べなかった。

薬を併用しているから大丈夫だろうと思って、妥協したのだが、まさかそれがここで裏目に出るなんて思ってもみなかった。

「おかげで良いものが見れた。まさか、マリーが自分を慰める姿が見られるなんて」

「ちが……！　あれはユベール様を受け入れるためです！」

「手慣れているように見えたが、まさか普段から？」

「違います！　今日が初めてです！」

口走ったあとで、早速マリーは後悔した。

(何で私、こんな恥ずかしい告白をユベール様に……)

どちゅん、と再び突き上げられ、マリーの思考は途絶えた。

「ま、待って、これっ……、あんっ……」

体を固定され、揺すぶられ、強い快楽がマリーを襲う。

自重で深く穿《うが》たれ、初めての時とは質の違う快感に全身を支配される。

逃げたいのに、ユベールの腕が強く体に巻き付いて叶わない。

強い快感が怖くて制御していたから当然だが、自分主導の時とは明らかに違った。

至近距離にユベールの顔がある。

彼は頬を赤く染め、息を乱していた。

どうやら彼も快楽を得ているらしい。

（私の中で、気持ち良く……）

直前に指で触れてみたせいで、性器同士がどうなっているのかを具体的に想像してしまった。

自分の狭くて熱くて濡れていた場所が、みっちりと彼に纏《まと》わりついて、締め付けているに違いない。

（やだ、私……）

淫らな想像にマリーはぎゅっと目を瞑《つむ》った。

「クソ、持たない……」

耳元でそんな囁きが聞こえたかと思うと、より強く抱き締められた。

膣内で彼のものがびくびくと痙攣した。それに引き摺られ、マリーも深く絶頂してユベールの体にしがみついた。

まだ身に着けたままのナイトウェアの薄布ごしに、彼の体の逞しさを感じた。

（契約、しないと……）

ユベールには任せておけない。絶頂の余韻に浸りたい体を叱咤し、マリーは彼から体を離そうとする。

しかし魔法を使うよりも先に、ナイトウェアに手をかけられた。

「俺ばっかり裸なのは不公平だと思うんだ」

ユベールはそう告げると、ナイトウェアの胸の下にあるリボンを引っ張る。

今日身に着けたものは、それだけで胸から腹部が露出する構造になっている。マリーは慌てて胸元を手で隠した。

「隠すのはずるい」

縋り付くような目をこちらに向けると、ユベールはマリーの腕に手をかけてきた。

こんな目を向けられたら、見せてあげてもいいかと思ってしまう。

マリーは恥ずかしさに目を逸らしながら、ナイトウェアを脱ぎ捨てた。

「マリーの体はこうなっていたんだな」

その囁きの直後、まだ膣内に受け入れたままだった彼のものが、大きく存在を主張し始めた。

「こ、婚姻契約を……」

「まだ足りない」

ぐるんと視界が動き、気が付いたらマリーはベッドに転がされていた。

「散々淫らな行動でこちらを煽ったんだ。責任を取ってもらう」

マリーに覆い被さってきたユベールは、肉食の獣のように獰猛な顔で囁いた。

「今日はきっちり最後までするから安心していい。マリーにここまでしてもらったんだ。さすがに応えないと」

ユベールは良い笑顔をこちらに向けると、胸に手を伸ばしてきた。

「やっとマリーの全身が見られた」

膨らみを愛撫しながら、ユベールはマリーを見つめてくる。

恥ずかしくて顔を背けると胸の頂《いただき》に濡れた感触があった。

視線を戻すと、そこに口付けられていた。

ユベールは見せつけるように、そこに舌を這わせてくる。

甘い痺れがそこから伝わってきてマリーは驚いた。自分で触ってみても、全然何も感じなかったのに、彼に触られたら体が勝手に反応する。

(他人に触られると違うのかしら)

分析していると、緩やかな抽挿《ちゅうそう》が始まった。

「あっ、やだ、待って」

その制止は黙殺される。

「あっ、あん、やあっ……」

膣内を男性器が出入りする。摩擦からもたらされる刺激が気持ち良くて、マリーの唇からは淫らな声が漏れた。

ユベールは胸から唇を離し、指先での愛撫に変えて本格的にマリーを揺さぶり始めた。

屹立からもたらされる刺激は一定ではなかった。

浅い場所を緩やかに擦《こす》ってきたかと思ったら、深い場所に潜り込んできて最奥を先端で抉《くじ》る。

静止したまま回すように腰を動かした直後に、抜けてしまいそうなくらいに激しい抜き差しが始まる。

深い場所をトントンしたり、ぎゅっと押し付けたり。

浅い場所の性感帯ばかりを集中的に刺激してきたかと思ったら、次は大きく乱暴な動きに変わり、両方纏《まと》めて責め立てられる。

一度中で放たれているから、膣内全部に彼の白濁が浸透しているに違いない。

子宮も、膣の凹凸の隅々にまで行き渡っているのかと思うと、あまりにも卑猥だ。

気持ち良い。自分の指で触れた時とも、自分からユベールのものを膣内に迎え入れた時とも違う。

こんなに強く、激しくは自分では動けない。純粋に体力が足りないし、強い快楽が怖くて逃げてしまう。

「駄目、ユベール様、おかしくなるっ……」

「なっていい」

「やっ、許して……」

懇願しても止めてくれない。体を捩《よじ》って少しでも快感を逃がそうとしたら、手と体で抑え込まれた。

全身がユベールに犯されている。

抵抗を諦めて、マリーは彼の背中にしがみついた。縋り付く方が、暴力的な快楽を受け流せる。

胸の膨らみが逞しい筋肉で押し潰された。そこから伝わって来る人肌の感触と熱が気持ち良い。

着衣で交わるのは淫らだったが、生まれたままの姿で繋がるのだって別の意味で淫らだ。体の前面全体でユベールを感じる。

原始的な姿で、ただの男と女として体を重ねているのを実感した。

目が合ったら、唇が重なった。

噛み付くような暴力的なキスだった。舌が捩《ね》じ込まれ、マリーのそれに絡み付いてくる。

その間も男性器は止まらない。マリーの中をぐちゃぐちゃに掻き乱してくる。

上も下もユベールに侵食されている。過ぎた快楽は暴力だ。少しでも逃がそうと身を捩《よじ》っても上手く動けない。制限された中での微《かす》かな動きすら、逆に男の動きを助けている気がする。

ただでさえ息が乱れていたのに、口付けに呼吸を制限されて上手く息ができない。だんだん頭がぼうっとしてきた。

（も……無理……）

マリーは涙目になりながら力を振り絞り、ユベールの背中に爪を立てた。

それでも彼は止まらない。唇を貪《むさぼ》りながらマリーを犯し続ける。

いつまで続くのかわからない快楽の奔流に必死に耐えていたら、彼は強く自身の体をマリーに押し付けてきた。

最奥をひときわ強く穿《うが》たれ、マリーはこれまで以上に深く絶頂に達した。それと同時に最奥に熱を感じた。

互いの性器が連動して痙攣している。それが更なる快感を呼び、絶頂の余韻がなかなか消えない。

しばしの間があって、唇がまず解放された。続いて体が。体力はとうの昔に限界を迎えていた。

息を整えながらぼんやりとユベールを見上げると、彼は蕩けるような笑みをこちらに向けてきた。

ユベールは繋がったまま、マリーの下腹部に手を当てる。途端にピリッとした電流のような刺激がそこから伝わってきた。

（そっか、契約で魔力を体に流さないといけないから……）

絶頂した直後なのに、また体が熱を帯び、更なる高みに誘《いざな》われる。

契約は自分がやっておけば良かった。既に限界の体に、深い快楽は毒である。

後悔しながら、マリーは魔力の刺激に身を捩《よじ》った。ひくひくと痙攣する女性器が、まだ中に居座ったままの彼を締め付けているのが自分でもわかる。まるで媚びているみたいで恥ずかしい。

「契約でこんなに淫らになるなんて……」

魔力の刺激が止んだと思ったら、そんな言葉をかけられて、マリーは思わずユベールを睨みつけた。

だが、熱を帯びた瞳が視界に入ってきて毒気を抜かれる。

彼の視線は、マリーの下腹部に注がれていた。マリーもそちらに目を向けた。

お互いの下腹部にお揃いの契約紋が刻まれていた。

マリーに刻まれた紋の色は雷の金、ユベールは水の青銀だ。

「ちゃんとできたんですね……」

マリーは自分の契約紋に触れてみた。

「これでマリーは俺のものだ」

ユベールの顔が近付いてきて、また唇が重なった。

口付けはともかく、また下半身を強く押し付けられて、マリーは眉をひそめた。

ずっと繋がりっぱなしなのだが、まさかまだするつもりだろうか。

「あの、ユベール様、まだ……？」

返答の代わりに、ユベールはマリーに魔力を流してきた。

途端に体がかあっと熱くなり、マリーは絶頂に達した。唇から声なき悲鳴が漏れる。

「ああ、良かった。魔力相性はそのままみたいだな」

「何をするんですか！」

「今のでまた煽られたから、マリーからも魔力を流してほしい。何か変化がないか知りたい」

ユベールの発言に、マリーはギョッと目を見張った。

「まだする気ですか!?　無理！　抜いてください！」

マリーは悲鳴を上げると、彼の胸に手を付いて、腕の中から逃れようともがいた。

「マリーだけ気持ち良くなってずるい」

「今のはあなたが強制的に……！　いい加減にしてください！　結婚しませんよ！」

「それは無理だな。婚姻契約はもう成立してしまった。俺は絶対に解消には同意しない」

論破され、マリーはぐっと詰まるとユベールを睨みつけた。

「マリーからキスしてくれたら我慢してもいい」

ユベールの発言に、マリーは目を見張った。

「駄目ならもう一回……」

「キスします！　だから一度離れてください！」

マリーは慌てて同意した。

すると、ようやくユベールは離れていった。

ずるりと自分の中から彼のものが抜け、中に放たれたものがどろりと溢れ出る感覚があった。

とても卑猥で、いたたまれない気持ちになる。

まだ子供ができては困るので早く浄化したかったが、それよりもユベールの要求に応じる方が先だった。もう一度求められたらたまらない。

とても気持ち良かったのは認めるが、これ以上付き合わされたら死ぬかもしれない。

マリーは体を起こすと、ユベールの頬を固定して自分から唇を重ねた。

◆　◆　◆

日差しの眩しさに目覚めたマリーは、見知らぬ光景に大きく目を見開いた。

一拍遅れて、ラトウィッジ侯爵家の屋敷に泊まったことを思い出す。

顔を横に移動したら、ユベールの寝顔が視界に入ってきた。

憎たらしいくらいに整った顔は、眠っていると少し幼く見える。

マリーはスッキリとした目覚めとは言えない状態だったので、安らかな寝顔が何だか腹立たしかった。

体が重くて怠いし、節々が痛い。目の前のこの男がめちゃくちゃに自分を抱いたせいだ。気持ち良かったのは認めるが、淑女に対する紳士の振る舞いではなかったのではないかと思う。

(早まったかも……)

情事のあと、浄化の魔法で体を清めるのが精一杯で、そのまま眠ってしまったから全裸である。毛布をめくったら、それだけで下腹部に金色の契約紋が刻まれているのが見えた。

ユベールの魔法紋が刻まれているのを確認すると、何とも複雑な気分になった。

試しに手のひらを広げ、魔力を放出して雷の魔法陣を組み上げてみる。すると、驚くほど簡単に構築できた。

(この魔法、ユベール様にぶつけてやろうかしら)

ちらりとそんな考えがよぎったが、マリーは思いとどまった。

下手に彼にマリーの魔力を流すのは危険なのだ。媚薬のような効果を発揮して、襲いかかられたらたまったものではない。

マリーは魔力を散らすと、半身を起こそうとした。

しかし、その前に体に巻きついてきた腕で阻止された。

犯人はユベールだ。いつの間にか目覚めていたらしい。

「……離れていただけませんか？」

「嫌だ。もっと一緒にいたい」

「さっさと自分の部屋に戻ってもらわないと困ります。使用人に筒抜けになるではありませんか」

「俺は構わない」

「私は構うんです」

離れようと試みるが、ユベールの腕の力が強くて無理だった。それどころか逆に強く抱き込まれる。更にお尻に何か硬いものが当たって、マリーは悲鳴を上げた。

「やだ！　何で反応してるの！」

「これは朝だから……！　その気になっている訳じゃない！　やろうと思ったらできるが……」

マリーは息を呑んだ。

「そんなに警戒しなくても、無理をさせた自覚はあるからしない。放っておけばそのうちおさまる」

「そうなんですか？」

「ああ」

ユベールの触れ方に性的な意図は感じられなかった。

ただ引っ付きたいだけなのだと判断し、マリーは警戒を緩める。

すると、彼はマリーのうなじに顔を埋《うず》め、下腹部を撫でてきた。

婚姻契約が余程嬉しいらしい。

大きな手のぬくもりが心地良くて、マリーはそっと身を委ねた。

この作品に対する皆様のご意見・ご感想をお待ちしております。

おハガキ・お手紙は以下の宛先にお送りください。

【宛先】

〒 150-6019 東京都渋谷区恵比寿 4-20-3 恵比寿ｶﾞｰﾃﾞﾝﾌﾟﾚｲｽﾀﾜｰ 19F
（株）アルファポリス　書籍感想係

メールフォームでのご意見・ご感想は右のＱＲコードから、
あるいは以下のワードで検索をかけてください。

アルファポリス　書籍の感想　検索

ご感想はこちらから

本書は、「アルファポリス」（https://www.alphapolis.co.jp/）に掲載されていたものを、
改題、改稿、加筆のうえ、書籍化したものです。

ツンデレ婚約者《こんやくしゃ》の性癖《せいへき》が目《め》覚《ざ》めたら溺愛《できあい》が止《と》まりません !?

吉川一巳（よしかわ かずみ）

2025年 1月 31日初版発行

編集－木村 文・大木 瞳
編集長－倉持真理
発行者－梶本雄介
発行所－株式会社アルファポリス
〒150-6019 東京都渋谷区恵比寿4-20-3 恵比寿ｶﾞｰﾃﾞﾝﾌﾟﾚｲｽﾀﾜｰ19F
TEL 03-6277-1601（営業） 03-6277-1602（編集）
URL https://www.alphapolis.co.jp/
発売元－株式会社星雲社（共同出版社・流通責任出版社）
〒112-0005 東京都文京区水道1-3-30
TEL 03-3868-3275
装丁イラスト－マノ
装丁デザイン－AFTERGLOW
（レーベルフォーマットデザイン－團 夢見（imagejack））
印刷－中央精版印刷株式会社

価格はカバーに表示されてあります。

落丁乱丁の場合はアルファポリスまでご連絡ください。

送料は小社負担でお取り替えします。


ISBN978-4-434-35147-1 C0093